Für meine Töchter

Teil I

Was, um Himmels Willen, war gestern so schiefgelaufen? Warum hatte Laura das Geschenk nicht angenommen, sich den Ring nicht sofort an den Finger gesteckt? Regungslos saß Claudia an ihrem Küchentisch. Vor ihr lag das verknotete Mobile aus drei farbigen Plastikelefanten, das Stefan gestern von der Wohnzimmerdecke gerissen hatte. Gegenüber auf der Anrichte stapelte sich das benutzte Geschirr, auf den großen Kuchentellern fehlte nur hier und da ein Stück.

Claudia starrte aus dem Fenster. Zwischen den Wolken wagte sich eine schwache Frühlingssonne hervor, die die Tischplatte in eine helle und eine schattige Seite teilte. Matt schien sie auf ihre rechte Hand, die schwer auf dem Tisch lag. Bis vor Kurzem hatte sie selbst den Ring getragen, diesen goldenen Ring mit seiner zierlichen Ranke aus Olivenblättern. Sie erinnerte sich genau: Als Sam und Laura noch sehr klein waren, hatte sie ihn beim Goldschmied in Auftrag gegeben. Vielleicht als Ermutigung für die Jahre, in denen sie die Kinder allein großziehen würde? Vielleicht als Belohnung? Es war Zeit gewesen für einen Ring. Jetzt lag er, eingeschlossen in ein dunkelblaues Schmuckdöschen, auf der Sessellehne in Lauras Bostoner Appartement.

Unwillkürlich strich Claudia mit dem Daumen über ihren blanken Finger, an dem sie noch immer den Abdruck zu erkennen meinte, den der Ring hinterlassen hatte. Hätte sie ihn Laura nicht zum Geburtstag schenken dürfen? Ihn lieber später vererbt? Oder wäre ihr Text das bessere Geschenk gewesen, dieser Monolog über Lauras Geburt, der ihr so viel bedeutete? Aber nachdem sie ihn gestern vorgelesen hatte, verließen ihre Gäste überstürzt die Feier. Und zwar in wirklich schlechter Stimmung. Hätte sie Lauras Vater überhaupt einladen müssen? Stefan war nie da gewesen, wenn seine Tochter ihn brauchte. Und Franziska, seine Lebensgefährtin? Die beiden waren seit über zehn Jahren ein Paar. Aber war es nicht richtig, zum dreißigsten Geburtstag der Tochter auch den Vater einzuladen?

Simone hatte Claudia immer für eine Freundin gehalten. Zumindest für eine Weggefährtin, eine Leidensgenossin. Sie kannten sich schon aus der Zeit, als sie ein Volontariat bei derselben Tageszeitung machten. Inzwischen war Simone Chefredakteurin eines erfolgreichen Online-Magazins. Jo, ihr Freund, war ein liebenswerter Mensch, ohne böse Absichten. Aber was nutzte es, wenn jemand wie er im entscheidenden Moment schwieg?

Wahrscheinlich wäre mit anderen Gästen alles gut gegangen. Sam hätte ganz sicher den wahren Wert des Ringes erkannt und bestimmt auch den Text so verstanden, wie er gemeint war. In seiner Anwesenheit hätte sie vielleicht sogar gewagt, ihn auch Laura vorzulesen. Als das eigentliche Geschenk.

Claudia seufzte, stand auf und öffnete das Fenster. Ein Nieselregen sprühte feine Tropfen auf ihr Gesicht. Sie schloss die Augen und atmete die feuchte, kühle Morgenluft ein. Unten, auf dem Gehweg, schlurfte ihr Nachbar Gerd Hausmeier mit seinem dunkelblauen Regenschirm in Richtung Supermarkt.

Eine Kinderfrau oder irgendeine andere Hilfe hatte sich Claudia nie leisten können. Sie mussten es zu dritt schaffen. Es war kurz nach Sams Einschulung, als er eines Tages schon um elf aus der Schule kam und keinen Schlüssel dabeihatte. Er hockte sich auf die Treppe, sang leise vor sich hin und wartete darauf, dass jemand nach Hause käme. Gerd Hausmeier, der gegenüber wohnte, beobachtete Sam durch das Guckloch seiner Wohnungstür. Er war damals Mitte fünfzig und seit wenigen Wochen wegen einer chronischen Rheumaerkrankung frühverrentet. Claudia kannte den schmächtigen Mann nur von flüchtigen Begegnungen im Treppenhaus, wenn er am Abend mit seiner verschlissenen Ledertasche, die er wie ein verletztes Tier an die Brust drückte, von der Arbeit kam. Er war Straßenbahnfahrer gewesen, was zumindest bei Sam große Bewunderung hervorrief. An jenem Vormittag riss er schließlich seine Wohnungstür auf:

»Wenn du willst, kannst du bei mir warten.«

Von seinem Telefon aus riefen sie Claudia an, erreichten sie aber nicht, da sie in einer Sitzung Protokoll führte. Sam hinterließ eine knappe Nachricht auf ihrer Mailbox.

»Mama, ich bin jetzt schon zu Hause und warte beim Hausmeier. Er hat das Eichhörnchen gezähmt.«

Als Claudia am späten Nachmittag abgehetzt an seiner Tür klingelte, wurde sie von Sam, Laura und Gerd Hausmeier empfangen. Nie zuvor hatte sie ihn lächeln sehen. Im Hintergrund seiner überheizten Wohnung hockte das Eichhörnchen auf dem Sofa und knackte seelenruhig eine Walnuss.

Seit diesem Tag nannten sie ihren Nachbarn »den Hausmeier«.

Claudia schloss das Fenster und setzte sich zurück an den Küchentisch. Vorsichtig begann sie, die Nylonfäden des Mobiles zu entwirren.

Morgen musste sie wieder ins Büro. Sie war Sekretärin an der Frankfurter Universität, im Fachbereich Gesellschaftswissenschaften. Zu mehr hatte es damals nicht gereicht, als nach Stefans Auszug schnelles Handeln gefragt war. Obwohl sie sich gerade als freie Rezensentin einen Namen gemacht hatte, musste sie diese unbefristete Stelle annehmen. Um die Wohnung im Frankfurter Nordend zu halten, war ein regelmäßiges Einkommen nötig. Laura war damals fünf und Sam drei Jahre alt. Stefan hatte die Stadt verlassen und stand für die Betreuung seiner Kinder nicht mehr zur Verfügung. Seitdem war Claudia die perfekte Assistentin von irgendjemandem. Die Sekretariatsarbeit fiel ihr leicht, füllte sie aber nicht aus. Nachts, wenn die Kinder schliefen, arbeitete sie an ihren Texten weiter. Manchmal saß sie bis zum Morgengrauen am Küchentisch und schrieb. Erschöpft ging sie an diesen Tagen etwas später ins Büro. Nach über zwanzig Jahren im selben Fachbereich hatte sie ihren Laden im Griff. Die Leute kamen und gingen, besonders in der Wissenschaft. Sie blieb. »Fragt Claudia Schöne«, wurden die Neuen aufgefordert, wenn niemand Lust hatte, sie einzuarbeiten.

In der untersten Schublade ihrer Kirschholzkommode lagen mehrere Manuskripte. Kurzprosa, ein Theaterstück, zwei Kinderbücher, ein Roman. In den letzten Jahren, seitdem auch Sam ausgezogen war, hatte Claudia einen Text nach dem anderen hervorgeholt und zu Ende geschrieben. Auch ihr Theaterstück, aus dem sie gestern den zentralen Monolog vorgelesen hatte. Heute fragte sie sich, ob dieses Kaffeetrinken dafür der richtige Ort gewesen war. Wahrscheinlich wäre er auf einer Bühne viel besser zur Geltung gekommen. War es ein Fehler gewesen, den Monolog aus dem Stück herauszureißen? Oder hatte sie die Wirkung ihrer Worte schlichtweg unterschätzt? Über Jahre war nichts von dem, was sie schrieb, an die Öffentlichkeit gelangt. Selbstverständlich kannte kein Verlag, keine Agentur ihre Texte. Eine alleinerziehende Mutter mit Sekretariatsjob, die heimlich schrieb?

Claudia nahm das Mobile und ging ins Wohnzimmer. Dort stellte sie sich einen Stuhl zurecht und schraubte den herausgerissenen Haken in den Dübel, der zum Glück noch fest in der Zimmerdecke steckte. Der Haken war sicher schon lange viel zu locker, dachte sie, sonst hätte Stefan ihn gestern nicht so leicht herausreißen können. Vorsichtig prüfte sie noch einmal, ob er festsaß, und hängte das Mobile wieder an seinen Platz.

Als sie vor Jahren einmal bei Freunden zu Besuch waren, prahlte der jüngste Sohn der Familie damit, dass sie alle Löwen seien. Die Mutter eine Löwin, er und sein Bruder die Löwenjungen und vor allem sein Vater: der stärkste Löwe von allen. Laura und Sam hatten sie ängstlich angeschaut, und auch Claudia fühlte sich in diesem Moment wie verloren.

»Und was sind wir, Mama?«, fragte Sam und drückte sich gegen den Arm seiner Schwester. Claudia hatte kurz überlegt: »Wir sind Elefanten«, antwortete sie mit fester Stimme. »Da wachsen die Kinder bei ihren Müttern auf, und die starken Bullen kommen nur hin und wieder zu Besuch.« Damit war für die Kinder alles geklärt. Seit diesem Tag waren sie die *Elefantenfamilie*, stark, klug und unzertrennlich. Claudia pustete gegen das Mobile. Die drei Elefanten, ein roter, ein blauer und ein gelber, tanzten federleicht unter der Wohnzimmerdecke. Sie stieg vom Stuhl und ging ins Schlafzimmer. In der Ecke hinter der Tür stand die Kirschholzkommode. Ein klobiges Erbstück ihrer Großmutter, das sie schon seit dem Studium von einer Bleibe zur anderen mitschleppte. Sie zog die unterste Schublade auf und holte aus dem Stapel farbiger Mappen eine blaue hervor. Eine Papierrolle, um die mit einem roten Geschenkband eine Schleife gebunden war, rutschte zur Seite. Claudia bemerkte sie kaum, ging mit der Mappe in die Küche zurück und setzte sich wieder an den Tisch. Das Kartonpapier war an den Seiten gewellt und eingerissen. Das Blau aber hatte nach all den Jahren nichts von seiner Leuchtkraft verloren. Wie eine vergessene Schulaufgabe hatte die Mappe immer herumgelegen. Vorsichtig klappte sie den Deckel zur Seite. Vor ihr ein Stapel schwarzbedruckter Blätter. Auf der ersten Seite stand in Großbuchstaben der Titel, unten links ihr Name mit vollständiger Adresse. Das Deckblatt eines nie verschickten Manuskripts. Claudia begann zu lesen:

Auch eine Liebe

Weihnachten

Meine Kinder sind noch klein. Einen Job habe ich nicht und mein Mann ist mir vor Kurzem abhandengekommen. Ich stehe am Nullpunkt. Genau da, wo gestern vorbei ist und es noch kein Morgen gibt. Fast alles beginnt von vorn, während der Rest so weiter geht wie bisher.

Ich lege mich aufs Sofa. Kurze Mittagspause nach einem Vormittag voller Haushalt. Der Kleine beugt sich über mich und pustet mir auf die Wange. Ich tue so, als ob ich schlafe. Aus engen Augenschlitzen sehe ich den Indianerschmuck auf seinem Kopf. Er quetscht sich zu mir aufs Sofa. Seinen kleinen Körper mit den kalten Armen eng an mich geschmiegt. Der Federschmuck kitzelt mein Gesicht. Er schläft sofort ein.

Ich pirsche mich davon an den Computer. Kaum ist er hochgefahren, kommt die Große.

»Mama, wann spielst du mit mir?«

»Gleich, ich muss schnell was aufschreiben.«

»Was musst du denn immer aufschreiben?«

»Gleich, ja?«

»Mama, komm!«

»Schleich dich schon mal an dem schlafenden Häuptling im Wohnzimmer vorbei. Ich muss noch schnell ein paar Rauchzeichen notieren.«

Am Nullpunkt kommt endlich die Wahrheit ans Licht. Seit Jahren hatte sie mich im Visier. Sie hatte mich umlauert, sich immer wieder herangeschlichen, sich zurückgezogen. Ich hatte sie gespürt wie eine kalte Brise im Nacken. Jetzt stehen wir uns von Angesicht zu Angesicht gegenüber. Ihr Anblick tut weh. Erst jetzt, wo sowieso alles verloren ist, habe ich den Mut, ihr offen ins Gesicht zu schauen. Die Illusionen der vergangenen Jahre als solche zu erkennen, sie zu benennen. Das Formulieren einer Wahrheit erfordert Mut, Indianer-Mut.

Mama, was ist lügen?
Weißt du das denn nicht?
Nein, ich habe ja noch nie gelogen.
Jetzt lüg aber nicht.

Es ist Nikolaus. Der Tag, an dem wir die Eheberaterin über die Trennung informieren. Sie erfolgt in gegenseitigem Einverständnis. Wir können nicht mehr. Ich weine. Er bleibt ganz ruhig. Die Male davor, als es um seine Untreue ging, hat immer er geweint. »Sie müssen beide hinter dieser Entscheidung stehen«, wiederholt sie mehrfach und schaut mich fragend an.

Ich bin nicht geschaffen für die Liebe, die sich in Hotelzimmern trifft, dort alles gibt und dann unverfänglich auseinandergeht. Mich plagt ein altmodisches Gefühl, der Abschiedsschmerz. Ich bin traurig, wenn einer geht. Selbst, wenn er nur ein Hotelzimmer verlässt. Die heimliche Absprache ist ja, dass wir nicht wiederkommen, weil wir nie ganz da waren. Ich mag keine Affären, er sieht das anders.

Diese Trennung lasse ich geschehen. Sie zu verhindern, versuche ich nicht, und ich treibe sie auch nicht voran. Aus Angst vor der Situation, die danach auf mich wartet. Immerhin gibt es kleine Kinder. Immerhin gibt es keinen Job. So wie er vor zehn Jahren den Anfang in die Hand genommen hat, tut er es auch mit dem Ende. Ich kann mich auf ihn verlassen.

Adorno sagte: »Es gibt kein richtiges Leben im falschen.« Darauf hat jemand geantwortet, es gäbe aber ein richtigeres Leben. Danach suche ich jetzt, ohne zu behaupten, dass ich vorher falsch lebte. Es wäre für mich nicht richtig gewesen, nicht zu heiraten und keine Kinder zu bekommen. Das Leben zu vermeiden. Doch ich hätte wissen können, dass wir es nicht schaffen würden. Schon viel früher. Schon von Anfang an? Aber auch ich missachtete meine Wahrheit in einem Moment, in dem sie ganz und gar nicht ins Lebenskonzept passte. Das richtigere Leben ist jetzt ein Leben ohne ihn.

Im Herbst hatten wir uns schon einmal getrennt. Für ungefähr einen Tag. Es ging weder vor noch zurück, uns blieb die Luft aus. Von Argumenten ganz zu schweigen. Verzweifelt verbrachten wir den Samstagnachmittag damit, das Unkraut zwischen den Steinplatten vorm Haus auszukratzen. Vorbildlich, akribisch. Die Kinder sprangen begeistert um uns herum. Wir umschlichen uns schweigend, die scheinbare Endgültigkeit hatte auch ihren Reiz. Hin und wieder entglitten mir Spekulationen, wo wir uns doch noch in der Mitte treffen könnten. Er schaute nur kurz hoch und puhlte weiter die kleinen Grasbüschel aus den Ritzen. Als ich hinterher unter der Dusche stand, kam er ins Bad. Ich zog ihn unter den Wasserstrahl.

Wir beschließen, es den Kindern noch vor Weihnachten zu sagen. Als wir es tun, läuft die Große ins Wohnzimmer, holt das gerahmte Hochzeitsfoto von der Fensterbank, drückt es an ihre Wange und sagt: »Aber ihr habt euch doch lieb!« »Wie ein Prinz und eine Prinzessin«, ergänzt der Kleine und zeigt auf das Foto.

Ich bade. Soviel wie noch nie in meinem Leben. Fast täglich. Es ist eine Zeremonie mit Kerzenschein, Duft und viel Schaum. Wenn die Kinder schlafen und er im Wohnzimmer sitzt, steige ich ins heiße Wasser, damit das Zittern meinen Körper verlässt. Das Badewasser schlägt immer leichte Wellen. Einmal muss ich schon am Tag baden. Die Schwiegermutter ist zu Besuch. Dieses Mal, um zu bekräftigen, »dass die beiden aber immer ihre Enkel bleiben werden.« Der Doppelfront aus Mutter und Sohn habe ich wenig entgegenzusetzen. Die Fettreserven sind aufgebraucht und der Winter hat gerade erst begonnen.

Obwohl ich mein Bad mehrfach angekündigt habe, klopft er an die Tür, als das Zittern gerade nachgelassen hat. »Er müsse doch noch mal eben schnell was holen.« Ich fixiere ihn, sicher getarnt unter meinem Berg aus Schaum. Gerade noch hatte er seiner Mutter und mir die Gründe für unsere Trennung dargelegt. »Dann ist es wohl das Beste«, meinte sie. Ich nickte nur, und dann ging ich baden.

Er hat gefunden, was er suchte, und blickt zu mir herab, direkt auf meine linke Brust, die neugierig aus dem Schaum hervorlugt. Ich lasse sie schauen. Er geht raus.

Abends geht er oft weg. Ich sitze allein im Wohnzimmer und bewache den Schlaf der Kinder. Endlich Ruhe. Mit wem er sich trifft, weiß ich nicht. Auch nicht, wann er nach Hause kommt. Er schläft auf dem Sofa. Am nächsten Tag singt er Liebeslieder beim Bügeln seiner Hemden, die ich ihm noch immer wasche.

Am Morgen beim Frühstück der Blick aus dem Fenster. »Da!«, kreischt plötzlich der Kleine. »Eine Plastiktüte! Ganz oben im Baum!« »Wo?« fragt die Große, drängt sich an mich, um besser sehen zu können, und kippt ihren Milchbecher um. Er fällt in seinen Schoß.

Meistens isst er abends mit. Er verschlingt Scheibe um Scheibe und isst noch, wenn ich mit dem Abwasch schon fast fertig bin. Mir dagegen bleibt das Essen im Hals stecken. Wie bei einer Verliebten, nur anders herum. Appetit habe ich schon lange nicht mehr. Nur einmal überfällt er mich spontan. Ich gehe mit den Kindern durch die weihnachtlich geschmückte Stadt. Wir kommen an dem mexikanischen Restaurant vorbei, in dem wir vor zehn Monaten am Valentinstag essen waren. Zu viert. Ich gehe einfach hinein, die Kinder folgen hüpfend, es ist erst halb sechs, die Küche hat gerade geöffnet. Die Kinder sind begeistert: »Endlich essen wir mal wieder im Restaurant!« Und ich esse. Erst meine Portion, dann die des Kleinen und zum Schluss noch das, was die Große übrig ließ. Ich hatte vergessen, wie viel ich brauche, um richtig satt zu sein.

Am 23. Dezember beim Frühstück erzählt er mir, es gäbe Frauen, die es sehr wohl täten, und übrigens mehr, als ich dächte. Er meinte Sex im Vorgarten. Was er bis heute nicht vergessen habe, sei, dass ich es damals in diesem Garten nicht mit ihm getan hätte.

Ich bin hochschwanger und will baden. Die Wanne ist nicht ganz sauber, weil das dreckige Spülwasser immer hochgedrückt wird, wenn die Spülmaschine in der Küche wäscht. Ich kann mich nicht mehr bücken und bitte ihn, eben die Wanne schnell für mich auszuwischen. Er sagt mir, es sei nicht nötig, da er sie erst am Wochenende geputzt habe. Seitdem ist aber die Spülmaschine gelaufen, mehrfach. Ich bitte ihn nochmals und erkläre den Sachverhalt. Er will es nicht tun, da er doch die Wanne erst am Wochenende geputzt habe. Ich streite mit ihm, um was es sich bei der Verfärbung dort handele. Er wischt die Wanne nicht aus, denn sie kann ja nicht dreckig sein. Da ich baden muss, um den Anfang eines Zitterns aus meinem Körper zu bekommen, lasse ich mich auf die Knie herab und tue es selbst.

Das vorweihnachtliche Gespräch artet aus in Schuldzuweisungen. Irgendwann verlasse ich die Wohnung und laufe durch die Straßen. Aus einem Schneehimmel fallen nasse Flocken auf mein Gesicht.

Meine Wahrheit liegt verborgen unter vielen Schichten. Behutsam hebe ich jede Schicht an, ziehe sie ab wie einen Klebestreifen und entdecke darunter die nächste Schicht aus Illusion und Selbstverleumdung. Manche Schichten lösen sich leicht, wie von selbst, aber andere wollen das Geheimnis nicht preisgeben, das unter ihnen verborgen ist. Sie sind wie zahllos übereinander geklebte Tesafilm-Streifen, die immer dasselbe Bild an immer derselben Stelle einer Wand festhalten sollten und die ich nun einen nach dem anderen ablöse, um genau dieses Bild endlich los zu sein. Es ist Schwerstarbeit, und noch ist kein Ende in Sicht. Welche Wahrheit letztlich zum Vorschein kommen wird, weiß ich nicht. Aber ich bin fest entschlossen, dass es dieses Mal die meine sein wird.

Als ich vom Spaziergang zurückkehre und die Wohnungstür aufschließe, fällt eine angefrorene Träne in den Flur. »Kinder, es schneit. Wir müssen raus.« Sofort kommen sie angerannt, zertreten die Träne und holen mit mir den Schlitten aus dem Keller. Wir brauchen nicht weit zu laufen. Im nahen Park gibt es einen steilen Abhang. Auf dem Weg dorthin erzähle ich den Kindern, dass Rodeln am meisten Spaß macht, je steiler der Berg ist. Wir quetschen uns zu dritt auf den Schlitten und stürzen den Hang hinab. Es funktioniert, der Schlitten hält. Wir kreischen vor Vergnügen und Stolz. Als wir unten ankommen, lasse ich den Schlitten entgleisen und wir kippen in den Schnee. Dann will es die Große allein schaffen. Mit fünf Jahren rast sie den Abhang hinab. Keine Spur von Angst.

Am nächsten Tag feiern wir weiße Weihnachten. Am übernächsten verlasse ich mit den Kindern die gemeinsame Wohnung und mache seinen Auszug zur Bedingung für unsere Rückkehr.

Zwischen den Jahren

Meine Großmutter hat den Zweiten Weltkrieg und eine Lungenembolie überlebt. Sie hat drei Kinder bekommen, einen Friseursalon geführt, einen Frauenchor geleitet, ihren krebskranken Mann gepflegt und seit sechzig Jahren erfolgreich Gemüse angebaut. Zu ihr fahre ich, als ich am Nullpunkt die Orientierung verloren habe. Mit fünfundachtzig Jahren hat sie die Kraft, mich und meine Kinder aufzunehmen. Sie hat die Kraft, jeden Tag für uns zu kochen, die Sahne für das tägliche Stück Kuchen zu schlagen und mir dabei zu erklären, dass ihrer Erfahrung nach Sahne gut für die Nerven sei. Der Krieg sei zwar ein Ausnahmezustand gewesen, aber auch heute gäbe es kriegsähnliche Zustände, die dazu in der Lage seien, einen Menschen zu zerstören. Die Kunst sei, sich nicht zerstören zu lassen, sondern gestärkt aus dem Schlamassel hervorzugehen. Sie habe nie die Möglichkeit gehabt zu gehen, so wie wir Frauen heute. »Aber wenn es dein Großvater noch weiter getrieben hätte, wäre ich gegangen!« Da ist sie sich sicher. Sie hätte es auch ohne ihn geschafft, sich ein gutes Leben aufzubauen. »Und du schaffst das auch. Es wird hart, aber du hast deine Ausbildung.«

Sie glaubt nicht so recht an die Männer, das wird aus jedem ihrer Sätze deutlich. Und sie hat immerhin Erfahrung mit richtigen Soldaten.

Ich gehe mit den Kindern auf Abenteuertour, in Gummistiefeln. Am Rand des Dorfes entdecken wir einen großen

Kieshaufen, mit dem sich wunderbar spielen lässt. Plötzlich steht ein nicht mehr ganz junger Mann mit einer Rikscha und einem dünnen großen Hund vor uns. Ein Tourist aus Schwaben, der den Norden zu Fuß erkundet. Er schaut mir neugierig in die Augen. Ich schaue nicht weg und habe Bilder im Kopf von der Liebe im Heuschober. Da ist auch etwas zwischen uns, aber wie soll es keimen, wenn meine Tochter ihn schnell mit den Worten wegschickt: »Dein Hund muss jetzt mal weiterlaufen.« Er gehorcht aufs Wort.

Im Schuppen neben dem Haus finde ich mein altes Kinderfahrrad. Es ist ein wenig kaputt, aber wir schaffen das schon. Wir planen eine Radtour am Fluss entlang ins nächste Dorf. Da essen wir dann zur Belohnung Kuchen oder Eis, wenn sie das im Winter haben. »Könnt ihr mir erklären, warum diese Schraube »Mutter« heißt?«, frage ich die Kinder, als wir das Fahrrad reparieren. Die Große weiß die Antwort: »Ja, weil die da so fest dran sitzt, wie eine Mutter an ihren Kindern.«

Silvester naht. Wo sollen wir feiern? Und überhaupt: feiern? Die Schwägerin, die in der Nähe wohnt, sagt: »Wir bekommen schon anderen Besuch. Da wird es mit den Betten knapp.« Außerdem fragt sie, ob ich mir schon Gedanken über die Besuchsregelung gemacht hätte. Als ich »nein« antworte, meint sie, dass ich aber dafür Sorge tragen müsse, dass den Kindern der Kontakt zum Vater nicht verwehrt würde. Da müsse ich doch rechtzeitig drüber nachdenken, wie das in Zukunft geregelt werden soll.

In der Silvesternacht sitze ich direkt vor dem Holzofen. Allein. Das alte Haus meiner Großmutter hat keine Zentralheizung. Die drei schlafen schon. Bis kurz vor zwölf war alles schön, das Fernsehen zeigte Geigerinnen in Prinzessinnenkleidern. Dann kam das Knallen und für den Kleinen die Katastrophe. Ich verkroch mich mit ihm unter der dicken Daunendecke. Er schlief schnell ein. Die Große war stolz, dass sie es dieses Mal bis nach Mitternacht geschafft hat. »Was Papa jetzt wohl macht?« Wird das die Nacht der Schwüre und Beteuerungen, dass ab jetzt alles anders und besser wird? Ich starre ins Feuer und werde ganz ruhig. Irgendwann taucht eine Stimme auf. Sehr leise ist sie, kaum zu verstehen. Sie raunt mir zu, dass alles gut ist, so wie es ist. Feiern? Nein, dann hätte ich diese Stimme nicht gehört. Meine Stimme?

Am Neujahrsmorgen wandern zwei rote Streifen synchron meine Unterarme hinab. Zwei weitere Streifen haben sich an den hinteren Oberschenkeln in Richtung Kniekehlen auf den Weg gemacht. Nesselfieber, höchstwahrscheinlich. Die Kinder untersuchen meinen Körper und sind erschrocken. Überall finden sie rote Flecken. »Du musst schleunigst zum Arzt«, stellt die Große fest. Wir fahren zu dritt los. Ich will meine Großmutter nicht zu lange mit den Kindern allein lassen. Der Arzt hält meinen dünnen Arm in seinen beharrten Händen und weiß gleich Bescheid. »Stress?«, fragt er, als er die Spritze setzt. Er schaut mich nicht an und erwartet auch keine Antwort.

Die Situation

Als wir nach F. zurückkehren, ist da die neue »Situation«. »Wo ist eigentlich Papa?«, fragen die Kinder, als wir die ausgekühlte Wohnung betreten. Ich hatte ihnen mehrfach von seinem Auszug erzählt, so schonend wie möglich. Ich kann sie verstehen, dass sich so etwas nicht verstehen lässt. Ein Vater, dieser Vater, gehört in diese Wohnung und in dieses Bett, in das der Kleine Nacht für Nacht wanderte, um es sich zwischen dem einen Berg rechts und dem anderen Berg links bequem zu machen. »Wo ist Papa?«, fragt er nun jede Nacht und kann nicht begreifen, dass so etwas wie ein Berg einfach verschwinden kann.

Kein Winter war so kalt wie dieser. Zum Glück gibt es den kleinen braunen Ofen mit den dreieckigen Goldgriffen. Ein echter »Bornum Automatic«. Von meiner Großmutter. Er heizt die Wohnung auf 25 Grad. Wie ein Tresor steht er in der Ecke des Wohnzimmers. Gedrungen, stämmig, verlässlich. Öffne ich seine Klappe, strahlt mir heißes Gold entgegen.

Es ist halb drei nachts. Ich sitze im Wohnzimmer am Ofen. Die Kinder werden mich um halb sieben wecken. Niemand ist mehr da, der am Sonntag das Frühstück für uns macht und mir noch eine halbe Stunde Schlaf am Morgen herausschlägt. Das Feuer ist aus, ich muss ins Bett.

Es reden Stimmen in meinem Kopf, die es ständig zu überprüfen gilt. Wer sagt, dass es wahr werden muss, dass alleinstehende Mütter mit kleinen Kindern in die Armut abrutschen? Viele sagen es. Die Statistiken belegen es. Meine Aufgabe ist, die Gefahr der Lage zu erkennen, den Stimmen aber nicht zu glauben. Das wäre fatal. Für mich, für die Kinder und für die Gesellschaft, die mir irgendwo an ihren Rändern schon ein armseliges Ruhekissen zurechtgemacht hat.

Der Kleine weckt mich um sechs. Als ich gerade wieder eindöse, fragt die Große um halb sieben, ob ich nicht mal schnell mit aufs Klo kommen könne.

Um sieben sitzen wir beim Sonntagsfrühstück. Ich teile den Kindern mit, dass meine Laune heute im Keller sei. Warum?

»Ich weiß nicht, vielleicht, weil wir so früh aufgestanden sind.«

»Oder weil deine Lieblingsmarmelade alle ist?«

»Ja, wahrscheinlich.«

»Guck mal, da schwimmt ein Seepferdchen«, sagt der Kleine und zeigt auf meine Kaffeetasse. »Wo?«, frage ich missmutig. Fast berührt er mit seinem kleinen Zeigefinger den heißen Kaffee. Tatsächlich schwimmt dort etwas.

»Meinst du, das ist ein Seepferdchen?«, frage ich ihn und trinke vorsichtig, ohne das Tierchen zu verschlucken. »Ja, aber es ist nicht aus Schaum, sondern aus Haut, aus Milchhaut«, stellt die Große aufmerksam fest. »Die geht nicht so schnell kaputt.«

Manchmal der starke Impuls, alles fallen zu lassen. Mich fallen zu lassen. Keine übergroße Verantwortung mehr, die mich niederdrückt. Und ich habe noch meine Ausbildung, ein Universitätsstudium und damit zumindest die Illusion von einem gut bezahlten Arbeitsplatz. Und ich habe noch eine Stimme, die ich mich hin und wieder getraue zu erheben, wenn auch krächzend, wenn auch gegen meine Kinder.

Er hat die Jura-Espressomaschine mitgenommen. Ein Geschenk seiner Mutter: »Damit ihr endlich vernünftigen Kaffee trinkt! Ich weiß doch, was mein Sohn liebt.« Ich krame die alte Kaffeemaschine hervor. Feierlich stelle ich fest: Filterkaffee in Freiheit schmeckt unübertroffen. Ich starre in den tiefen Schlund mit der Wasserstandsanzeige und erkenne nichts. Zum Kaffeekochen brauche ich jetzt meine Taschenlampe. Ich ringe den Kindern das Versprechen ab, sie nie und niemals irgendwohin wegzuspielen, weil Mama dann keinen Kaffee mehr kochen kann. Sie versprechen es.

Er kommt und bleibt, wie er will, ohne Punkt oder Komma. Sein Weggehen hinterlässt Fragezeichen. Sein Vorbeischauen ist das i-Tüpfelchen. Die Kinder lieben Überraschungen. Wenn es klingelt, haucht der Kleine atemlos: »Papa!« Die Große springt auf und rennt zur Tür. Der Schlüssel steckt von innen. Sie muss ihn hereinlassen. Er steht in der Tür und breitet die Arme aus. Schon liegen seine Kinder darin. Selig. Ich sitze allein in der Küche, das Abendessen wird kalt.

Die Taschenlampe ist weg. Ich kann keinen maßstabsgetreuen Kaffee mehr kochen. Sie liegt unter meinem Bett.

Ich schicke den Kleinen auf Expedition nach Südamerika, um die Wunderpflanze Kaffee zu entdecken. Völlig verstaubt kommt er wieder zum Vorschein. In seiner Hand die Taschenlampe. Sie leuchtet nicht mehr. Die Batterien sind leer.

Manchmal trinke ich Alkohol, wenn er wieder weg ist. Er bekommt mir nicht. Aber er tröstet mich. Er päppelt mich auf. Er bringt mich zum Lachen, wenn ich mit ihm auf dem Sofa sitze und die alten Lieder höre. Aber, er bekommt mir nicht. Am nächsten Tag bin ich krank und ich kann mich nicht kümmern und kann die Verantwortung nicht tragen. Ich weiß, dass er eine Flucht ist, aber sobald er aus der Tür ist, mache ich die Flasche auf und trinke ein Glas. Sofort tut alles nicht mehr so weh. Ich scherze mit den Kindern, aus dem Zubettbringen wird ein lustiges Spiel. Wenn sie dann schlafen, trinke ich den Rest.

Es ist Sonntagnachmittag. Ein Regentag. Ich gehe mit den Kindern in den Zirkus. Die Musik aus den Lautsprechern ist ohrenbetäubend. Miss Sara turnt an zwei weißen indischen Stoffbahnen unter der Zirkuskuppel. Der Kleine schaut mit weit aufgerissenen Augen hinauf, beide Zeigefinger stecken in den Ohren. Um uns herum ist alles dunkel. Plötzlich greift er in einen Lichtstrahl, der durch ein Loch im Zirkuszelt direkt auf meine Brust scheint. Seine Hand strahlt hell. Ich spüre die Wärme auf meiner Brust und schließe die Augen. Wo kommt die Sonne her an einem Tag wie diesem?

Wo ist mein Ort, unser Ort? Ich stehe am Fenster, meine Hände in den Hosentaschen, die Kinder sind in der Betreuung. Zeit wäre genug. Aber wofür? Ich starre auf den halbtoten Birnbaum im Hof. Immerhin ist er der Spielplatz für das fuchsbraune Eichhörnchen. Meine linke Hand gräbt sich tiefer in die Hosentasche. Ganz unten findet sie etwas. Eine winzige goldene Kugel. Der Rest einer weihnachtlichen Goldkette, die den Kindern beim Dekorieren der Tannenzweige kaputtging. Tage später überreichte mir der Kleine die Goldkugel und flüsterte geheimnisvoll: »Das ist eine Zauberkugel. Sie ist für dich.« An zwei Seiten schaut weißer Faden hervor, die ausgefranste Verbindung zu ihren verlorenen Schwestern. In diese Kugel werden wir ziehen, in die Zauberkugel. Und das Leben wird um uns herum geschehen, ohne dass es uns angreifen kann.

Der Kopf des Kleinen scheint durch das geriffelte Glas der Wohnzimmertür. Es ist mitten in der Nacht. Warum schläft dieses Kind nicht? Ich stelle mich blind. Er wartet mit dem Öffnen der Tür. Nach einigen Minuten greift er zur Klinke. »Mama, weißt du, darf ich bei dir schlafen? Mir ist so kalt.« Im Arm trägt er seinen großen Teddy, liebevoll und schief in eine Decke eingewickelt. »Kannst du mich noch mal richtig zudecken?«, fragt er, als ich ihn in mein Bett lege.

Er wird weggehen aus der Stadt. Er braucht ein neues Leben. Wohin sollte ich gehen und aus welchem Grund? Ich werde bleiben. An genau demselben Ort, hier, in genau derselben

Wohnung. Vorerst. Er belächelt meine Unbeweglichkeit. Die Verantwortung für zwei minderjährige Kinder erfordert jedoch eine sachliche Abwägung aller finanziellen Mittel und sonstiger Kräfte. Nicht, dass es an Plänen mangelte. Oh, wie schön ist Panama! Aber ich bleibe hocken. Äußerlich. In mir gehe ich auf die Reise. Es gab einmal dieses Haus, hell war es und erdbebensicher. Jede Nacht durchwandere ich altvertraute Orte, deren Ansichtskarten er nicht verstehen würde, schickte ich ihm welche von dort.

Beim Frühstück denke ich laut nach. »Wenn wir in dieser Wohnung bleiben, müssen wir wahrscheinlich das Auto verkaufen ...« Die Große meckert los: »Wenn wir kein Auto mehr haben, können wir gar nicht mehr wegfahren. Dann müssen wir immer hierbleiben.«

»Wir können doch auch mit dem Zug irgendwohin fahren ...«

Plötzlich fängt sie an zu weinen: »Alle gehen weg aus der Familie. Papa geht weg, das Auto muss weg und bald geht mein Bruder auch noch weg.« »Unser schönes, rotes Auto!«, jammert der Kleine mit.

Zum Abendbrot schenke ich mir ein Glas Wein ein. Es ist der Rest aus der erst gestern geöffneten Flasche. Im Wein schwimmen drei tote Fliegen im Kreis, die dünnen Beinchen weit von sich gestreckt. Wo kommen die her am Ende des Winters? »Iiiih«, kreischt die Große, »sind die eklig!« Ich starre auf die drei Leichen im Glas, dann auf die dünnen

Beine des Kleinen. Mir wird schlecht. Ich gieße den Wein ins Spülbecken und begrabe die Fliegen im Abflussrohr. In den Kalender schreibe ich: »Ab heute!«

Der Freund einer Freundin weigerte sich, mit ihr Kinder zu zeugen, weil er diesen bedauernswerten, ungeborenen Geschöpfen nicht seine juckende Schuppenflechte vererben wollte. Meine Freundin machte mit ihm Schluss, weil sie gerne Kinder mit oder ohne Schuppenflechte gehabt hätte. Er hatte schnell wieder eine Neue und mit ihr einen Sohn. Ob er mit ihm nun ständig zum Hautarzt muss, weiß sie nicht.

Wir sind zu spät dran. Ich knie vor dem Kleinen und schnüre hektisch und schimpfend die dicken Winterschuhe zu. Er umarmt meinen Kopf und sagt zu ihm: »Du bist die beste Mama, die ich jemals gehabt hatte.«

Seitdem der Alkohol nicht mehr auf den Tisch kommt, ist da Platz für anderes. Müsli zum Beispiel. Kraftfutter für den modernen Menschen. Und Kraft brauchen wir, mehr als uns lieb ist. Dennoch reicht sie nicht, um eine kleine Flasche Möhrensaft zu öffnen. Ich gebe vor den Kindern eine lustige Zirkusaufführung, verbiege und verrenke mich, schneide Grimassen, pruste und fiepe. Zum Schluss versuche ich es mit Aufzaubern. Nichts hilft. Der Deckel rührt sich keinen Millimeter. Als er Tage später die Flasche mit einem Griff aufdreht, kommentiert die Große erleichtert: »Endlich haben wir wieder einen starken Mann im Haus.«

Gestern Nacht durchwanderte ich eine Landschaft mit einem ruhig dahinströmenden, kurvenreichen Fluss. Da fand ich mein Haus wieder oder die Ahnung von etwas Vertrautem, Vernachlässigtem. Ich wagte nicht einzutreten.

Die Nachbarin empfiehlt Bachblüten Rescue Creme gegen die fahle Blässe. Ich streiche sie täglich auf die erstaunlich schnell entstandene Steilfalte, die die rechte Oberlippe spaltet. Mein Körper gibt präziser Auskunft über den Zustand meiner Seele als irgendeines meiner Worte. Vielleicht hilft die Salbe. Vielleicht zieht sie ein bis in die Seele. Seelensalbe. Vielleicht verschwindet die Falte wieder, wenn der Seelenriss geheilt ist? Vielleicht gibt es andere Salben, die das besser könnten? Quacksalber? Vielleicht werde ich auch nur älter?

Der Kleine stellt Fragen. So sollte es sein. Allen Erwachsenen, die er trifft, stellt er mehrere. Meistens bekommt er keine Antwort. Das ist auch gut. So lernt er, dass nur das Leben die eigentlichen Antworten gibt.

»Grüß schön« sagt jetzt keiner mehr zu mir. »Grüß schön« kann jetzt keiner mehr sagen. Denn kleine Kinder werden nicht gegrüßt. Und mehr als eine Erwachsene ist nicht da, auch wenn ich mich noch so oft umdrehe. Kinder in der Überzahl. Seltsam. Vorher war Gleichstand. »Schönen Gruß« werfe ich beim Abendessen in die Runde. Die Kinder schauen mich fragend an. »Soll ich zurückgrüßen?«, frage ich nach einer Weile. Sie nicken und essen weiter.

»Meine Mama ist jetzt beim Lotto«, erzählt die Große freimütig dem Nachbarn auf der Treppe. »Und, habt ihr schon was gewonnen?«, fragt er zurück. Die Große schaut ihn verständnislos an. Als wir in der Wohnung ankommen, fragt sie: »Mama, wie geht eigentlich Lotto?«

»Ich zeig es dir heute Abend.«

Dann sitzen wir vorm Fernseher und sind ganz aufgeregt. Wir haben drei Richtige! Das macht 7 Euro 40. Zu vier Richtigen hat es noch nie gereicht.

Der Schornsteinfeger kommt, um die Feuerstelle zu prüfen. Wir stehen um unseren Ofen herum. Der Kleine umklammert meinen Oberschenkel, die Große lungert im Hintergrund. »Solange er mitmacht, können Sie mit dem heizen. Wenn er kaputtgeht, werden Sie es schon merken«, erklärt der Schornsteinfeger die Lage. Ich wage nicht zu fragen, woran wir bemerken werden, dass der Ofen am Kaputtgehen ist. Als der Schornsteinfeger aus der Tür ist, fragt die Große ungläubig: »Und warum soll der Glück bringen?«

Nur das Feuer nicht ausgehen lassen. Dieser Winter ist kalt. Er zieht mir in die Knochen. Mein Leib friert. Meine Seele zittert. Das Holz ist fast alle.

Ostern

Nachts. Vor dem Haus, direkt unter meiner Straßenlaterne steht ein Lkw, der morgen ab sechs Uhr früh für einen Umzug gebraucht wird. Auf den riesigen weißen Seitenflächen steht in roten Lettern: »Avis«. Die Ankündigung einer Sendung …

Die kleine Straßenlaternenspinne hat einen einzigen Faden von der Laterne zum Dach des Lkw gespannt. Der dünne Faden leuchtet mir entgegen. Mutige Spinne.

In dieser Nacht betrete ich zum ersten Mal mein verlassenes Haus. Es stand schon immer da, aber ich hatte es aus dem Blick verloren. Jetzt durchwandere ich Raum um Raum, öffne die Fenster und lasse den Wind herein und das Licht. Es gibt viel zu tun, Umbauarbeiten, aber die Fundamente sind sicher. Der Ort, wo das Haus steht, ist nicht wichtig. Inwendiges Schneckenhaus.

Wir fahren zum Baumarkt und kaufen eine Axt. Wir nehmen die rote. Passend zum Auto und zu dem roten Holzosterei, das wir an den Rückspiegel gehängt haben. Auf das Osterei hat ein Gefängnisinsasse ein lateinisches Wort geschrieben: vivit. Er lebt.

Die Straßenlaterne hat einen Wackelkontakt. Mal taucht sie mein einsames Bett in helles Ostlicht, mal verschwindet es in der Dunkelheit. Die Entscheidung zu treffen, ob ich jemals herausfinden will, wer diesen Schaden zu beheben hat, fällt mir schwer. Gibt es ein Beleuchtungsamt? Es übersteigt meine Kräfte. Ich empfehle meinen Schlaf den Launen eines unzuverlässigen Beleuchters. Den Kindern erzähle ich am Abend die Geschichte vom launischen Mond, der sein Licht immer an- und ausknipst, wie es ihm gerade passt, und der dann einen Beschwerdebrief von all den Nachttieren erhält, die nicht mehr vernünftig jagen können, seit der Mond so verrücktspielt. Wie die kleine Straßenlaternenspinne das An und Aus wohl wegsteckt? Oder ist sie mit umgezogen? Sollte ich auch umziehen? Aus Wackelkontakt-Gründen.

Im Keller hacke ich das letzte Holz. Mit der neuen Axt. Vor der Trennung dachte ich, Holzhacken sei Männersache. Jetzt muss ich das selbst in die Hand nehmen. Meine Handinnenflächen schmerzen und sind feuerrot. Plötzlich steht die Große mit sicherem Abstand vor mir, drückt sich die Zeigefinger in die Ohren und brüllt erstaunt: »Mama, du kannst ja viel besser Holzhacken als Papa! Das kannst du wirklich besser als er.«

Manchmal der starke Impuls einfach abzuhauen. Laufen, immer weiter weglaufen. Mit einem mutigen, fremden Mann. Schön ist er, wie die Nacht. Wir laufen nebeneinander, berühren uns nicht, laufen durch exotische Landschaften, schauen uns an und lachen. Wir schlafen irgendwo, essen, was uns zwischen die Zähne gerät, schwimmen nackt im Meer, um uns zu erfrischen, laufen weiter und machen wenig Pausen. Wir reden selten, da es nichts zu bereden gibt. Irgendwann lieben wir uns einmal, dann laufen wir schon wieder.

»Jetzt fahren wir erst einmal zur Mutter-Kind-Kur. Danach sehen wir weiter«, entgegne ich den Fragen am Telefon. Dort spreche ich hin und wieder mit dem jungen Sozialarbeiter, der beim Reden immer seine blauen Augen über die nahe Ostsee schweifen lässt. »Das Leben ist hintergründig, voller Geheimnisse« – in seinen Augen spiegelt sich das Meer. Was will mir dieser Jungspund vom Leben erzählen? »Entwickeln Sie eine Vision für sich und Ihre Kinder. Eine positive Vision für die Zukunft. Sagen Sie sich und Ihren Kindern zum Beispiel, dass Sie jetzt viel mehr Spaß in Ihrem Leben haben, wo es zu Hause keinen Streit mehr gibt.« Ich schwimme fort in seinem ostseeblauen Blick. In seinen Augen spiegelt sich eine Elefantin, die mit einem größeren und einem kleineren Kalb den Strand entlangwandert. Erschrocken drehe ich mich um. Die Elefantin hebt den Rüssel und treibt ihre Kälber in die andere Richtung. Sie ist weise und kennt die besten Futterplätze. Sie weiß, wo es sich überleben lässt. Die Kälber spritzen sich beim Laufen übermütig Sand auf den Rücken.

Ich stehe auf und verlasse den Raum. Am Strand suche ich ihre Spuren.

Seitdem er weg ist, lebe ich nicht mehr wie ein begradigter Fluss. Nach und nach ströme ich in mein ursprüngliches Flussbett zurück. Seitdem er weg ist, finde ich Antworten auf Fragen, von denen ich nicht mehr wusste, dass sie die meinen waren.

In unserem roten Auto verlassen wir die See in Richtung Süden. Die Kinder wünschen sich »99 Luftballons«. Laut singen wir mit. Sie haben die Fenster heruntergekurbelt und strecken ihre Füße in den Fahrtwind. Ich denke an früher, als das alles noch nicht angefangen hatte, und kann die Tränen nicht auffangen, die mir in den Schoß fallen. Plötzlich brüllt der Kleine nach vorne: »Mama, da ist ja schon der Eipelturm von Peris!«, und zeigt auf einen riesigen Hochspannungsmast. »Sind wir jetzt bald da?«

Wir treffen den Pastor, der die beiden getauft hat. Er weiß Bescheid über uns. Auf seine Frage »Wie geht's euch denn so?« stellt die Große die Gegenfrage: »Willst du nicht Mamas neuer Mann werden?«

Bei unserer Rückkehr erwarten uns die Fragen. Laut dringen sie in jede Faser. »Und, was hast du jetzt vor?« »Wollt ihr etwa in der teuren Wohnung bleiben?« »Musst du jetzt nicht dein eigenes Geld verdienen?« Ich kann nicht mehr schlafen und durchforste Stellenanzeigen. Insgeheim hatte ich mich schon verabschiedet von diesem Kampfgebiet. Jetzt muss ich die Rüstung wieder hervorholen.

Er habe eine Frau kennengelernt. Ich könne ihn von Donnerstag bis Sonntag für die Kinder nicht einplanen. Auf den Kontoauszügen sehe ich die Abbuchung für einen Billig-Flug nach Spanien sowie mehrere Abzüge eines Café del Sol. Ich brauche ein eigenes Konto. Seine finanziellen Intimitäten soll er zukünftig für sich behalten. Als er wieder da ist, antwortet er auf meine fröhliche Frage »Na, wie war's?« betont nachdenklich: »Ein Reinfall.«

Noch bin ich schön. Ich stehe nackt vor dem Spiegel. Gescheitert bin ich und wieder auferstanden. Die Asche hat mein Haupt geschwärzt, aber ich habe sie als Schminke zu meinem Vorteil genutzt. Schön bin ich, für die Männer, die Geheimnisse lieben. Morgen gehe ich Klamotten kaufen.

Wir putzen zu dritt das Bad. Jeder bekommt eine Aufgabe, der Kleine das Waschbecken, die Große die Badewanne, ich den Rest. Nach einer Stunde ist alles fertig. Zur Belohnung essen wir Erdbeeren mit Zucker. Die ersten in diesem Jahr. Endlich Sommer. Während die Kinder im Hof spielen, putze ich in der Küche weiter. Dabei probiere ich meine alten Klamotten von vor 8 Jahren an. Sie passen wieder. Größe 38 mit 38. Eine Scheidung hat auch ihre Vorteile. Der Nachbar guckt, als ich mit Mini-Rock und engem Top auf dem Balkon erscheine, um zu schauen, ob alles in Ordnung ist. »Alles im Griff«, ruft mir mein neuer Babysitter zu.

Der Kleine hat einen Splitter im Zeigefinger. Ich darf ihn mir anschauen, aber bloß nicht anfassen. Um ihn herum hat sich schon Eiter gebildet. Als er schläft, operiere ich den Splitter heraus: die Taschenlampe im Mund, in der rechten Hand die Pinzette, in der linken die Nadel. Am nächsten Morgen zeigt er mir stolz seinen Finger, und selbst die Große glaubt, dass geheimnisvolle Mächte einen Splitter verschwinden lassen können: »Mama, eigentlich kann uns doch gar nichts passieren. Es gibt eine Zahnfee, eine Nuckelfee und heute Nacht war die Splitterfee da.« Sie schaut mich prüfend an. »Ja«, antworte ich nachdenklich. »Das stimmt.«

Kurz vor Einbruch der Dunkelheit: Ich gehe auf den Balkon, um die Wäsche hereinzuholen. Es beobachtet mich jemand. Ich spüre es genau. Niemand zu sehen. Ich bringe einen Teil der Wäsche in die Wohnung und kehre auf den Balkon zurück. Dasselbe Gefühl. Niemand ist im Garten. Mein Blick fällt auf den kahlen Ast des alten Ahornbaums. Dort sitzt ein kleiner Vogel und hat mich im Visier. Ruhig nehme ich den Rest der Wäsche ab und bringe ihn hinein. Als ich auf den Balkon zurückkehre, hat er sich nicht vom Fleck gerührt. Ich stelle mich in die hinterste Ecke und beobachte ihn. »Worauf wartet er?« Wir stehen uns lange Minuten gegenüber. Plötzlich fasst er sich ein Herz, kommt auf mich zugeflogen und setzt sich auf die kurze Metallstange, an der meine Blumenampel hängt. Mit zwei kurzen Schritten schmiegt er sich eng an die Hauswand. »Er schläft auf meinem Balkon«, denke ich und fühle mich sehr geborgen. Eine Katze kommt mir jetzt nicht mehr ins Haus.

Wir kaufen ein Kaninchen: Hoppel. »Originelle Idee als Vaterersatz«, kommentiert eine Bekannte. »Zumindest kann er nicht weglaufen. Er ist ein Stallhase«, antworte ich. Die

Kinder lieben ihn. Sie veranstalten Wettläufe mit ihm auf unserem Flur. Er gewinnt immer, weil sie sich vor Lachen über seine unzähligen Köttel, die er beim Laufen verliert, einfach nicht konzentrieren können. Ich kann nicht so richtig mitlachen und fantasiere stattdessen von einer Putzfrau, die täglich unsere Wohnung reinigt.

»Mama, stimmt's? Früher hast du Papa geküsst?«

»Ja, stimmt. Früher habe ich Papa geküsst.«

»Sonst wären wir ja gar nicht geboren, stimmt's?«, der Kleine kichert und schaut mich fragend an.

»Ja, da hast du recht.«

»Und jetzt küsst du Papa nicht mehr.«

»Nein, jetzt küsse ich Papa nicht mehr.«

»Und kriegst auch keine Kinder mehr«, mischt sich die Große ein, »zwei reichen ja auch. Und außerdem hast du ja jetzt auch noch Hoppel.«

Im ausgetrockneten Flussbett finde ich Goldklumpen. Mehrere kleine und einen faustgroßen. Hätte ich nicht vor Jahren dieses Flussbett verlassen, wäre ich vielleicht nie auf sie gestoßen. Gut in jedem Fall, dass ich zurückgekehrt bin. Ich hebe sie auf, behutsam, voller Achtung. Hier also finde ich meine Wahrheit. Dort, zwischen den beiden Rinnsalen, die wieder fließen und immer kräftiger werden, liegt noch einer! Wie einen Schatz werde ich sie hüten, mich an ihrem Glanz erfreuen und am Ende den Mut finden, sie zu Goldfäden zu verarbeiten. Kunstvoll werde ich sie in mein Leben hineinweben. Die Wahrheit wird nicht mehr blenden, sie wird da sein und leuchten.

Ich stehe am Herd und koche Hühnersuppe. Die Kinder liegen auf dem Sofa und schauen fern. Beim Kochen höre ich meine Musik, mit den geliebten Kopfhörern, konzentriert und abgeschirmt. Nur die Musik, das Huhn und ich. Das Kabel hängt genau vor Hoppels Nase, sein gefundenes Fressen, es kostet ihn einen Biss. Die Musik verstummt. Vor meinen Füßen baumelt das durchgebissene Kabel: »Jetzt kommst du in den Kochtopf, du Lümmel!«, brülle ich. Sofort kommen die Kinder angerannt. Der Kleine heult los, dicke Tränen springen ihm aus den Augen. »Du kannst nicht einen Hasen braten, der einem Kind gehört!« Er hat recht, deshalb wird er auch gekocht. Kaninchensuppe: Nur die Musik, Hoppel und ich.

Die Kinder spielen Abendsport. Ich lehne über der Anrichte in der Küche und mache Notizen. »Mama, schreibst du jetzt unser Buch vom Brokkolidoktor?«, ruft die Große im Vorbeilaufen. »Euer Buch schreibe ich später, jetzt schreibe ich erst mal eins für uns alle.«

»Ist das auch eins für Papa?«

»Ja, auch ein bisschen für Papa.«

»Also für uns alle vier?«, sie springt wiehernd über den Kleinen, der sich als Hindernis flach auf den Boden gelegt hat.

»Für Papa ist es so was wie ein Abschied«, antworte ich nachdenklich und puste Brotkrümel unter den Toaster.

Wir kaufen ein Mobile mit drei Elefanten. Einem roten, einem blauen und einem gelben. Federleicht tanzen sie unter der Wohnzimmerdecke.

ENDE

Claudia ordnete die Blätter und legte sie in die Mappe zurück. Jetzt war sie schon Mitte fünfzig. In ihrem vollen rotbraunen Haar war noch keine Spur von Grau zu entdecken. Ihr schmales Gesicht mit den hohen Wangenknochen und den schrägstehenden grünen Augen hatte sich bis heute etwas irritierend Jugendliches bewahrt. Sie selbst hatte sich nie für besonders schön gehalten. Claudia stand auf und kochte eine Tasse Kaffee. Die Maschine aus ihrer Erzählung war längst ausgetauscht. Aber auf dem Kühlschrank stand noch immer dieselbe Taschenlampe. Und Sam, der Meeresbiologe, war tatsächlich auf Expedition in Südamerika. Seit einem halben Jahr arbeitete er als wissenschaftlicher Mitarbeiter an der Universität Kiel. Er wollte um alles in der Welt forschen, er war der geborene Wissenschaftler. Schon damals, als er zusammen mit dem Hausmeier über die Zähmung des Eichhörnchens akribisch Buch geführt hatte, hatte er angekündigt, später, wenn er groß sei, sein Forschungsgebiet auf die Weltmeere und ihre kaltblütigen Bewohner auszuweiten. Und groß war er geworden, über einen Meter neunzig. Wenn er nicht im Labor arbeitete, trainierte er für Triathlon-Wettkämpfe. Er wusste schon früh in seinem

Leben, was ihn wirklich interessierte. Dazu gehörte auch der Sport. Gerade untersuchte er mit seinem Professor und einigen Kollegen die Fischbestände an der Quelle des Rio Napo im Amazonasgebiet Ecuadors. Die Reise musste fast beendet sein, morgen würde sie ihren *Kleinen* anrufen.

Und ihre *Große*. Die ehrgeizige, schöne Laura mit diesem leidvollen Gerechtigkeitssinn, der sie die Welt und ihre Konstellationen oft nicht verstehen ließ. Wahrscheinlich hatte sie deshalb Jura studiert, um das Fundament aus Gesetzen und Regelungen zu begreifen, mit dem die Menschen etwas in gerecht oder ungerecht, richtig oder falsch einteilen. Vor einem Jahr hatte sie ihren Master in *International Law* an der Boston University gemacht und kurz danach diesen gutbezahlten Job in einer Bostoner Anwaltskanzlei angenommen.

Sam hatte dem Hausmeier aus Quito eine Postkarte mit einem blau schimmernden Piranha geschickt. Als sie ihren Nachbarn letzte Woche im Treppenhaus getroffen hatte, hielt er ihr stolz die lädierte Karte hin: »Er hat mir geschrieben.«

Warum hatte sie gestern nicht ihn eingeladen, sondern diese vier Menschen, denen ihre Kinder niemals freiwillig Postkarten schickten?

Mit dem Kaffeebecher in der Hand lehnte sie sich an die vollgestellte Anrichte und schaute in den Regen hinaus.

Nur einmal hatte Claudia den Hausmeier in ihre Wohnung gebeten. Ihn hereinlassen müssen. Aus Sams Bett, dem Untergestell eines Etagenbettes aus den 70er-Jahren, waren fünf Bretter des Lattenrostes herausgebrochen. Gesagt hatte er nichts. Erst als er ins Bett gehen sollte und kreischend von der schrägliegenden Matratze kullerte, bemerkte Claudia den Schaden. Sie versuchte, die Latten in die dafür vorgesehenen Laschen zu schieben, schaffte es aber nicht.

»Frag doch den Hausmeier. Der ist stark wie ein Riese.« Blitzschnell entwischte Sam über den Flur zur Wohnungstür. Sekunden später klingelte er, der Hausmeier öffnete umgehend. Sam fasste das Problem in wenigen Sätzen zusammen: »Wir brauchen jetzt sofort deine Hilfe, Herr Hausmeier. Mama ist zu schwach für das Bett, und ich muss unbedingt schlafen.«

Claudia stand hinter ihrem Sohn im Dunkel des Treppenhauses. Bevor sie etwas sagen konnte, schloss der Hausmeier seine Tür und ging an ihr vorbei in Sams Zimmer. Innerhalb weniger Minuten war der Schaden behoben. Claudia sah noch heute den Hausmeier in seinem grauen Trainingsanzug, wie er auf der Matratze saß und zu ihr hochschaute: »Hopsen geht mit *dem* Lattenrost nicht. Aber fürs normale Schlafen reicht's. Nichtsdestotrotz würde ich dem Jungen was Neues kaufen.«

Sie blinzelte irritiert. Das ging ihr jetzt wirklich zu weit. Wie konnte der Hausmeier, ein frühverrenteter Straßenbahnfahrer, in diesem peinlichen Moment eines ihrer Lieblingswörter in den Mund nehmen? *Nichtsdestotrotz* gehörte hier nicht hin. Nicht in diese Situation, nicht zu diesem Mann. *Nichtsdestotrotz* baute sie manchmal, an guten Tagen, in eine Mail an ihren Lieblingsprofessor ein. Diese Mails waren kleine Kunstwerke aus drei, vier Sätzen, in denen sie ihm das Für und Wider eines organisatorischen Sachverhalts darlegte. Sie wusste, dass er beim Lesen dieser wohlformulierten Botschaften seine schmalen Lippen leicht nach oben zog. Und nun das.

»Nichtsdestotrotz muss mein Sohn jetzt sofort in diesem Bett schlafen.« Hochmütig schaute sie auf ihn herab.

»Natürlich«, der Hausmeier stand auf, verabschiedete sich, indem er Sam kurz über den Kopf strich, und ging.

In der Woche nach diesem Vorfall kaufte Claudia Sam ein neues Bett. Den Hausmeier hatte sie seitdem nie wieder in ihre Wohnung gebeten.

Nichtsdestotrotz hinterließ der Hausmeier Spuren. Für Claudia waren sie schwer zu entziffern. Aber nie waren die Fahrräder ihrer Kinder kaputt, mit denen sie täglich zur Schule fuhren, und abends, wenn sie erschöpft von der Arbeit kam, waren die Hausaufgaben meistens erledigt. Eines Tages war der rechte Flügel des klitzekleinen, weißgoldenen Schutzengels abgebrochen, den Laura ihr zum Geburtstag geschenkt hatte und der in seinen runden Händen einen Stern mit roter Clownsnase hielt. Claudia hatte sich vorgenommen, die Figur in den nächsten Tagen mit Sekundenkleber zu reparieren. Als sie abends in der Küche saß, darauf wartete, dass das Teewasser kochte, und gedankenverloren auf den Engel starrte, steckte der Flügel wieder an seinem Platz. »Das war der Hausmeier«, schoss es ihr durch den Kopf. Aber sie konnte diesen Satz nicht ein-

ordnen, als könnte sie die Spuren nicht lesen, die er in ihrer Wohnung hinterlassen hatte.
Eines Tages hatte sie ihn beim Müllheruntertragen im Treppenhaus getroffen. Er grüßte mürrisch, regelrecht schlecht gelaunt. Als sie wieder nach oben kam, machte er sich noch immer mit Kehrblech und Handfeger zu schaffen. Sie war gerade an ihm vorbei, als er fragte: »Wann gehen Sie endlich zu Lauras Lehrerin?«

Claudia drehte sich um und schaute auf den Hausmeier herab. »Wie bitte?«

»Diese Lehrerin hat bis heute nicht begriffen, dass Laura schlau ist. Und sie ist verdammt schlau. Aber die Lehrerin kapiert das nicht.«

»Was geht Sie das an?«

»Eigentlich nichts. Aber wenn das so weitergeht, schickt diese Lehrerin Laura nicht dahin, wo sie hingehört.«

Claudia umfasste nervös den Handlauf des Geländers. »Und wo gehört sie Ihrer Meinung nach hin?«

»Natürlich auf ein Gymnasium. Diese Lehrerin denkt, dass Laura das nicht schafft. Wissen Sie, was das bedeutet? Kein Abitur, kein Studium, nichts Höheres!«

Er schaute ihr wütend in die Augen. »Ich weiß, wovon ich spreche.«

»Ich wusste nicht, dass es ein Problem gibt.«

»Dann wissen Sie es jetzt.« Der Hausmeier nahm Schaufel und Besen in die Hand und schob sich an ihr vorbei die Treppe herauf. Ohne ein weiteres Wort verschwand er in seiner Wohnung.

Am Nachmittag fragte sie Laura, wie es in der Schule gewesen war. Wie immer antwortete sie »gut«, aber das *u* war heute seltsam langgezogen. Am selben Abend rief sie die Lehrerin an und bat um einen Termin.

Claudia trank einen Schluck Kaffee. Sie würde jetzt sofort zum Hausmeier hinübergehen und sich dafür entschuldigen, dass sie ihn gestern nicht eingeladen hatte. Diesen Nachbarn, der ihr über die Jahre so fremd geblieben war. Er schien ein humorvoller Mann zu sein. Zumindest hörte sie das aus den Erzählungen der Kinder heraus. Irgendwann, als Laura und Sam noch klein waren, hatte sie beobachtet, wie er die beiden ansah: sorgenvoll und zugleich amüsiert. Sie wusste, er würde besser auf ihre Kinder aufpassen als irgendjemand, den sie kannte. Nie hatte sie sich gefragt, ob sein sorgenvoller Blick auch ihr galt. Die Kinder waren es, die ihn und das Eichhörnchen gefunden hatten.

Entschlossen schob Claudia den Kaffeebecher zwischen das schmutzige Geschirr und ging hinüber zu Hausmeiers Wohnung. Sie klingelte. Keine Reaktion. Sie klingelte noch einmal.

»Herr Hausmeier, ich möchte mich bei Ihnen entschuldigen, dass ich Sie gestern, zu Lauras Geburtstag, nicht eingeladen habe.«

Das wäre sinnlos. Er würde sie nur anschauen, ohne ein Wort zu erwidern.

»Ich möchte mich für alles, was Sie meinen Kindern Gutes getan haben, endlich einmal bedanken. Ich habe jetzt kein Geschenk dabei. Wobei praktisch kein Geschenk der Welt Ihre Hilfe jemals gutmachen könnte. Aber ich möchte, dass Sie wissen, dass ich das weiß. Das Geschenk bringe ich Ihnen noch, versprochen!«

Was sollte er dazu sagen? Nach all den Jahren? Sein Schweigen, das strenge Aufeinanderpressen seiner dünnen Lippen hätte sie eingeschüchtert. Wie immer, wenn sie ihm allein gegenüberstand, hätte sie sich unsicher gefühlt.

Noch einmal hätte sie ihm erklärt, dass der hauptsächliche Grund ihres Klingelns ihre uneingeschränkte Dankbarkeit sei. Jetzt wäre er ungeduldig geworden.

»Ich brauche kein Geschenk! Sie haben sich schon oft bei mir bedankt.«

Dass das nicht stimmte, hätten sie beide gewusst.

»Und wenn schon. Ich habe es gern getan. Ich mag die beiden. So schlau und neugierig. Außerdem hatte ich verdammt viel Zeit.«

Dazu hätte Claudia geschwiegen.

»Gestern war ja mächtig was los bei Ihnen. Ich habe Laura angerufen, aber sie war beschäftigt. Wie schon als kleines Mädchen, immer was zu tun. Aber irgendwas stimmte nicht. Ist alles in Ordnung?«

Auch darauf hätte Claudia keine Antwort gewusst.

Sanft berührte sie mit ihren Fingerspitzen das Guckloch seiner verschlossenen Wohnungstür. Hohläugig starrte es sie an. Sie drehte sich um und ging in ihre Wohnung zurück.

In der Küche holte Claudia eine Plastiktüte aus dem Schrank und warf den übriggebliebenen Kuchen hinein. Es war so gut wie nichts gegessen worden. Lauras Lieblingskuchen, eine Schokoladen-Nuss-Torte, dick bestrichen mit Vollmilchkuvertüre und mit Smarties bestreut. Niemand hatte davon gekostet. Ein gedeckter Apfelkuchen, eine Donauwelle, über die sich Sam hergemacht hätte. Und ein Frankfurter Kranz, von dem sie dem Hausmeier ein Stück hinüberbringen sollte, worum Laura sie gestern gebeten hatte. Mit der prall gefüllten Tüte verließ Claudia die Wohnung, ging die Treppe hinunter und versenkte sie draußen in der Mülltonne. Als sie wieder hineinging, sah sie ihren Nachbarn auf das Haus zukommen. Schnell schob sie einen Keil zwischen Tür und Rahmen und lief nach oben. Jetzt wollte sie ihn nicht treffen. Außer Atem, als ob sie die sichere Wohnung gerade noch rechtzeitig erreicht hätte, sackte Claudia auf einen Küchenstuhl. Im Flur hörte sie Hausmeiers Tür ins Schloss fallen. Mit kalten Händen zündete sie die Kerze an, die immer auf ihrem Küchentisch bereitstand. An Schreiben allerdings war nicht zu denken.

Die beiden Frauen gestern, sie hatten sich angegriffen gefühlt. Sonst hätte Simone niemals »übergriffig« gesagt und Franziska nicht geweint. Hätte sie ihnen diesen Text nicht vorlesen dürfen? Selbst von Simone wusste sie nicht genau, warum sie kinderlos geblieben war. Natürlich war es nicht Claudias Absicht gewesen, ihnen daraus einen Vorwurf zu machen. Sie wusste ja, was es bedeutete, Mutter zu sein. Und sie wusste auch, dass die Entscheidung für oder gegen ein Kind selten von den Frauen allein getroffen wurde. Manchmal gab es auch schlichtweg nichts zu entscheiden. Immer wieder spürte sie die Verletzlichkeit kinderloser Frauen, die meinten, nicht vollwertig dazuzugehören. Dabei hatte Weiblichkeit so viele Facetten! Und als ob sie selbst den *richtigen* Weg kennen würde! Sie hatte sich nie für die beste Mutter gehalten. Ihre immerwährende Angst, es allein mit den Kindern nicht zu schaffen, ihre Abschottungssucht und die Tatsache, dass sie ihnen keinen Vaterersatz bieten konnte. Simone müsste wissen, dass sie mit diesem Text nicht ihre Weiblichkeit in Abrede stellte. Wie oft hatten sie über die Vielfalt weiblicher Lebensentwürfe diskutiert. Und jedes Mal waren sie bei der Frage gelandet, was schwieriger zu überwinden sei, äußere oder innere Zwänge. War das nicht eine der Fragen, die alle Frauen betraf, und nicht die, ob eine nun zufällig Mutter war? Sicher, Lauras Geburt hatte sie grundlegend verändert, sie geerdet und reifen lassen. Sie wollte immer Kinder haben, und sie hatte Glück. Die Geburt ihres ersten Kindes war ein magisches Erleben ihrer körperlichen Kräfte. Ohne Angst konnte sie sich diesem besonderen Rhythmus überlassen. Seit dieser Erfahrung war sie in der Lage, ihrem Körper völlig zu vertrauen. Sie würde es schaffen, sie würde dieses Leben bewältigen, das wusste sie jetzt.

Und dann hatte sie sich im Wochenbett aufgesetzt, ein dickes Kissen im Rücken, und in den Stillpausen alles aufgeschrieben. Später war die Idee mit dem Theaterstück dazugekommen, in dem eine Mutter ihrer Tochter diese Geschichte zum Geburtstag schenkt. Um den Geburtsmonolog herum bekamen sich die Figuren in hysterischen Wortgefechten über das *richtige Gebären* in die Haare. Warum sie diesen Text gestern überhaupt vorgelesen hatte, konnte sie sich nicht genau erklären. Aber der Impuls war stark und sie sich so sicher gewesen, dass er dorthin gehörte. Als das eigentliche Geschenk. Es steckte kein literarisches Interesse dahinter, ob die Reaktionen ihrer Gäste mit denen ihrer Figuren übereinstimmten.

Fest stand allerdings, dass Realität und Fiktion nicht weit auseinanderfielen. Fest stand auch, dass sie sich mit diesen Gästen sehr allein gefühlt hatte. Vielleicht wollte sie mit dem Text eine Nähe heraufbeschwören, die es nicht mehr gab? Claudia hatte einfach nicht mehr die Kraft gehabt, zu erklären, worum es ihr eigentlich ging. Sie war davon überzeugt, dass jede Frau wissen konnte, was es hieß, etwas zu empfangen, in sich wachsen zu lassen und auf die Welt zu bringen. Sei es ein Kind, eine Idee oder ein Kunstwerk. Um Kreativität zu erfahren, brauchte eine Frau nicht zwangsläufig Mutter zu sein. Aber sie musste den Mut haben, sich zur Quelle ihrer Inspiration aufzumachen. Eine Geburt war eine Chance, diese schöpferische Kraft zu erleben, mehr nicht. Simone würde das sicher verstehen und ähnlich sehen, wenn sie es ihr nur in Ruhe erklären könnte. Ihr aus dem Weg zu gehen, war keine Lösung. Sobald sich eine Gelegenheit bot, würde sie mit ihr sprechen. Mit Franziska zu reden war weitaus schwieriger. Sie besaß nicht einmal ihre Handynummer. Außerdem konnte sie sich keinen Reim darauf machen, warum sie gestern so geweint hatte.

Claudia drückte ihren Rücken gegen die harte Stuhllehne und starrte wieder aus dem Fenster. Ihre Arme hingen schlaff am Körper herab.

Aber »übergriffig« war gesagt worden. Bis heute hatte sie es nicht geschafft, sich ein dickes Fell zuzulegen, eine unsichtbare, schützende Haut, an der solche Angriffe abprallten. Worte wie *übergriffig* fielen in sie hinein und lagerten sich am Grund ihres Bewusstseins ab. Manchmal stieg eines dieser Worte wieder nach oben. Ein Satz zum Beispiel, der ihr das vertrauensvolle Arbeitsverhältnis zu ihrem Lieblingsprofessor verleidete: »So kann ich nicht arbeiten«, hatte er gereizt von sich gegeben, als sie eine kurzfristig angefragte Zuarbeit erst für den nächsten Tag in Aussicht gestellt hatte, da sie gleich nach Hause musste. Die Kinder warteten schon. Laura schrieb am nächsten Tag eine Mathearbeit, für die sie mit ihr üben musste, und Sam nahm an einem Benefizlauf seiner Leichtathletikgruppe teil. Claudia hatte ihm versprochen, dieses Mal dabei zu sein, um Fotos mit ihrer neuen Digitalkamera zu machen. Das alles erzählte sie ihrem Lieblingsprofessor nicht, sondern wiederholte schlicht: »Ich muss jetzt nach Hause.« Er war nicht unfreundlich und beschwerte sich auch nicht über sie, aber sein »So kann ich nicht arbeiten« stand nun zwischen ihnen. Was bedeutete das so? *So* langsam? Mit so vielen Pausen? Oder gar so schlecht? Claudia hielt sich für schnell und sehr genau. »So kann ich nicht arbeiten« verstand sie als klare Kritik an ihrem Arbeitsstil. In der Folge war sie noch vorsichtiger, erwähnte ihre Kinder nicht mehr und behandelte seine Aufträge mit höchster Priorität. »So kann ich nicht arbeiten« hatte sie aber auch viel tiefer getroffen. Denn so, ganz genau so, lebte und arbeitete sie seit Jahren. Bei den dringendsten Aufgaben kam ihr Chef mit noch eiligeren dazwischen. Zuhause war es ihr unmöglich, in Ruhe irgendetwas zu lesen, da sie ohnehin von den Kindern gestört wurde. Und kämpfte sie nicht um jede Stunde, in der sie schreiben konnte? Claudia litt unter den ständigen Unterbrechungen. Nur ihre Fähigkeit, sich immer wieder neu zu konzentrieren, ließ sie angefangene Dinge überhaupt beenden. Hätte er gesagt: »So könnte ich nicht arbeiten«, dann hätte immerhin eine gewisse Wertschätzung mitgeschwungen. Dann wäre Raum für eine Entgegnung gewesen. »Übergriffig« lag jetzt auch dort unten.

Claudia seufzte, stellte ihre Ellenbogen auf die Tischplatte und legte das Gesicht in ihre noch immer kalten Hände. An der gegenüberliegenden Küchenwand hing ein kleiner Holzrahmen. Laura hatte ihn mit türkisblauen Mäandern bemalt. Damals, nach ihrer gemeinsamen Kretareise. Hinter dem Glas steckte schief ein Notizzettel mit schnell dahingeworfenen, fast verblichenen Worten. Ein Provisorium, mehr als fünfzehn Jahre alt. Sie erinnerte sich genau an den Morgen im Herbst, als sie ins Büro gekommen war und diesen erstbesten Zettel vollgeschrieben hatte, während der Rechner hochgefahren war.

Herbstanfang, Septembermorgen.
Zur Arbeit fahre ich mit dem Rad.
Herbstluft
strömt
in mich hinein.
Das ist mehr als Luft zum Atmen.
Das will getrunken werden.
Ich öffne den Mund weit, schlucke.
Und mit dieser Luft strömt die Sehnsucht hinein.
Sehnsucht, an allem vorbeizufahren,
weiter durch den Park in Richtung Wald.
Durch ihn will ich hindurchschwimmen,
die Bäume, die Sträucher, das Laub
durch mich hindurchströmen lassen,
Verschmelzung.
Jedes Jahr im September
diese Sehnsucht.
Ich vermute, es liegt an der Herbstluft.

An manchen Tagen erwartete Claudia einen spektakulären Anruf, der sie aus allem herausreißen und ihr mit einer Handvoll Sätzen ein gesichertes Einkommen jenseits des Büros übermittelte. An diesen Tagen war sie erfüllt von einer kindlichen Erwartungsfreude auf das, was überraschenderweise in ihr Leben treten würde. Diese Tage waren schön, als wären ihre Sinne um das Hundertfache geschärft. Aber gleichzeitig war da die Sorge vor zu viel Glanz. Als stünde es ihr nicht zu, in dem Licht in Erscheinung zu treten, das plötzlich auf sie fiele. Und so kam sie zu dem Schluss, dass sie sich diese Tage nicht leisten konnte. Dennoch kehrten sie in unregelmäßigen Abständen zurück. Einmal endete so ein Tag tatsächlich mit einem überraschenden Anruf, der sie tief berührte. Ihr Bruder teilte ihr mit, dass er vorhabe, seine Freundin, die er seit vier Monaten kannte, im nächsten Jahr zu heiraten. Er habe ihr gestern mit vor Aufregung zitternder Stimme einen Heiratsantrag gemacht, und sie habe mit den Worten »Du bist aber mutig« zugestimmt. Weil er in diesem Moment so glücklich und erleichtert klang, schluckte Claudia ihr Erstaunen über diese schnelle Entscheidung schweigend hinunter und freute sich mit ihm. Sie fragte sich, was sie selbst geantwortet hätte?

Die Ehe, so wie Claudia sie mit Stefan kennengelernt hatte, war für sie ein unattraktives Konzept. Wie ein hübsches Kleid, das gerade in Mode ist. Das einem allerdings nicht steht, in das sich aber dennoch hineingezwängt wird, obwohl es überall spannt. Schon kurz nach Sams Geburt wurde ihr klar: Kinder großzuziehen in einer Ehe, die immerhin auch eine Liebesbeziehung sein sollte, ist eine Überforderung für beide Elternteile. Sie wusste, dass die Ehe eine sehr junge Konstruktion ist. Über Zehntausende von Jahren hatten die Menschen ihre Kinder in anderen, ihrer Meinung nach weitaus erfolgreicheren Konstellationen großgezogen. Deshalb konnte sie Stefan nicht unendlich böse sein, als er ging. Dass er ging, war notwendig geworden; Verantwortung zu übernehmen, bedeutete für Stefan, dass es ihm gut ging. Für Claudia bedeutete es, dass es ihr und den Kindern gut ging. Das war der grundlegende Unterschied.

Nach seinem Auszug verließ Stefan fluchtartig die Stadt. Die Kinder sah er selten, an einigen Wochenenden im Jahr. Seitdem lebte sie im Status *alleinerziehend*. In heutigen Zeiten, in denen Kinder in erster Linie von Vater und Mutter großgezogen werden sollen, bedeutete *allein* die Abwesenheit des einen der beiden – in der Regel des Vaters. *Allein* hieß, dass kein Ersatz da war. Mit dem *Allein* ging jedoch nicht nur ein *erziehend* einher. *AlleindieVerantwortungtragend, alleinbezahlend, alleinmitdenKindernbeimArztsitzend, alleinnachtssaufstehend, alleinentscheidend, alleindieNervenbewahrend*. Claudia hatte sich oft gefragt, was dieses *alleinerziehend* war? Ein Schicksal, gegen das es anzukämpfen galt? Eine Herausforderung, die zu meistern war? Oder schlicht ein Lebensumstand, den sie hinzunehmen hatte? In jedem Fall war es eine Normalität, mit der eine gesellschaftlich akzeptierte Benachteiligung einherging.

Claudia war sich nicht sicher, was sie einem Mann antworten würde. Heute konnte sie sagen, dass sie es geschafft hatte. Ihre Kinder waren groß und aus dem Haus, beide mit einer guten Ausbildung. Aber zu welchem Preis? Sie war einsam und erschöpft, ihr Job füllte sie nicht aus. Und für einen neuen Mann war es zu spät. Nichtsdestotrotz glaubte Claudia an die Liebe. Wahrscheinlich hätte sie wieder *Ja* gesagt.

Es gab Begebenheiten mit Männern, die allerdings eher einem Aneinandervorbeihuschen als wahren Begegnungen glichen. Zum Beispiel die Begebenheit mit dem Mann, der eine Elefantenkrawatte trug. Eines Tages musste Claudia Weihnachtspost in die Niederlande verschicken. Schon seit Jahren bekam ihre niederländische Studienfreundin eine selbstgebastelte Weihnachtskarte. Da die Schlange der Wartenden in der Hauptpost bis auf die Straße reichte, kaufte sie die Briefmarken in einem versteckten Papierwarengeschäft, in dem auch Postsendungen bearbeitet wurden. Die Postgeschäfte wickelte in der Weihnachtszeit ein schmaler Mann mit rotbraunem Schnauzbart ab, der nun neben der eigentlichen Besitzerin des Schreibwarenladens hinter dem Tresen stand. Beim Kauf einer Briefmarke und zusätzlichen Briefumschlägen aus dem Bestand des Schreibwarenladens, übernahm er den gesamten Verkauf. Dann rechnete der Mann mit der Elefantenkrawatte laut und deutlich die Kosten auseinander und gab das Wechselgeld getrennt für Post und Schreibwarenladen zurück. Die mollige Ladenbesitzerin, die nichts mehr zu tun hatte, da niemand wusste, mit welchem Auftrag er sich an wen wenden sollte, schaute ihm dabei streng auf die Finger. Dass er sich gelegentlich verrechnete, schien sie nicht zu bemerken. Seine mangelnden Rechenkünste, aber besonders die blaue Krawatte mit den gelben Elefanten fielen Claudia sofort auf. Aufmerksam lauschte sie seinen umständlichen Erklärungen. Zweimal griff er in die Kasse und reichte ihr die Münzen über den Tresen. Er hatte sich zu ihren Gunsten verrechnet, und Claudia nahm das Wechselgeld wortlos entgegen. Während er redete, dachte sie darüber nach, ob sie ihn auf sein originelles Kleidungsstück ansprechen sollte. In ihren Augen hatte es etwas Rührendes, wenn ein erwachsener Mann jenseits aller modischen Stilfragen seine Tierliebe so unverhohlen zum Ausdruck brachte. Er war sicher nicht unsympathisch. Seine feinen, schlanken Hände, die freundlichen blauen Augen und vor allem die gelben Elefanten. Sollte sie ihm ein Kompliment machen? Dann musste sie ihm jedoch erklären, dass Elefanten ihre Lieblingstiere waren, sie aber Krawatten nicht mochte. Ihr allerdings gerade wegen der Elefanten diese Krawatte gefiel, obwohl sie nicht wirklich schick zu nennen war und darüber hinaus die schweren Tiere eigentlich nicht zu seiner fuchsartigen Erscheinung passten, was wohl an seinen rotbraunen Haaren lag. Da das alles zu weit geführt hätte, hielt sie den Mund und schenkte ihrem Gegenüber stattdessen ihre stille, uneingeschränkte Sympathie. Als sie das nächste Mal ein Päckchen an ihren Bruder in Hamburg frankieren ließ, trug er keine Elefantenkrawatte, sondern sprach sie auf Niederländisch an. Sofort entschuldigte er sich, dass er in letzter Zeit viele niederländische Worte vergessen habe, da er nicht mehr üben könne. Er habe zwei Jahre in den Niederlanden gearbeitet und es sehr genossen. Claudia nickte verständnisvoll und beklagte sich ebenfalls, dass ihr niederländischer Wortschatz immer kleiner würde, da es ihr genauso ginge. Mit einem freundlichen, gegenseitigen »tot ziens« verließ sie das Geschäft. Von da an stellte sie sich wieder in die Schlange der Wartenden, die sich aus dem Portal der Hauptpost herausfädelte.

Manchmal hatte sie sich vorgestellt, dass sie für eine einzige Szene in das Leben eines Mannes einsteigen würde, wie eine Gastschauspielerin, die wegen Krankheit die Hauptdarstellerin vertritt. So schien es ihr sehr verlockend, mit dem Vater von Lauras bester Freundin und allen vorhandenen Kindern in den Urlaub zu fahren. Mit diesem Mann, einem Sportler und Abenteurer, wäre das sicher eine unvergessliche Zeit geworden. Und nach dem Urlaub hätte sie, wie es ihrer Rolle entsprach, die Bühne wieder verlassen. Mit Sams Deutschlehrer hätte sie gern über Literatur gesprochen und wäre mit ihm ins Theater oder ins Kino gegangen, am liebsten jede Woche, zu einem festen Termin. Und nach den Gesprächen über Bücher, Filme und Inszenierungen wäre sie aus diesem Leben wieder ausgestiegen und in ihr eigenes zurückgekehrt, hätte den Kindern einen Gutenachtkuss auf die Stirn gedrückt und wäre schlafen gegangen. Manchmal wäre sie gern von der Arbeit gekommen und ihr Lieblingsprofessor hätte sie mit Kuss und frischem Tee auf der Terrasse seiner Stadtvilla begrüßt. Nach einem gepflegten Geplauder wäre sie wieder in ihre Wohnung ins Frankfurter Nordend gefahren, um die Kinder zu fragen, wie es in der Schule war und wie groß ihr Hunger sei. Mit Sams Leichtathletiktrainer hätte sie gern die Nächte verbracht. Am frühen Morgen wäre sie aus seinem in ihr Bett geschlichen und hätte kurze Zeit später glücklich und müde ihre Kinder geweckt. Aber weder wäre sie gern mit ihrem Lieblingsprofessor in den Urlaub gefahren noch mit Sams Deutschlehrer ins Bett gegangen. Genauso ungern hätte sie mit dem Vater von Lauras bester Freundin über Literatur gesprochen oder wäre von Sams Trainer mit Kuss und Tee nach einem langen Arbeitstag begrüßt worden. Wie, fragte sie sich, konnte mit einem einzigen Mann das ganze Leben klappen? Und nie stand ihr irgendeine Szene vor Augen, in der der Hausmeier eine tragende Rolle spielte.

Das Telefon klingelte. Claudia erschrak. Jetzt wollte sie niemanden sprechen. Dennoch erhob sie sich langsam und ging in den Flur.

»Hier ist Franziska.«

»Du?«

»Es tut mir leid wegen gestern.«

»Nein, nein. Ich habe alles falsch gemacht.«

»Es war sehr ergreifend.«

»Ergreifend?«

»Was denkst du, warum ich geweint habe? Jetzt habe ich eine Ahnung davon, wie es ist.« Sie stockte.

»Ich muss Schluss machen. Gerade ist jemand ins Büro gekommen, wir haben gleich ein Meeting.«

Claudia legte das Telefon auf die Station und ging zurück in die Küche. Sie stellte sich ans Fenster. Draußen regnete es in Strömen.

Gab es doch jemanden, der ihren Text begriffen hatte?

Sie seufzte, strich sich eine Haarsträhne aus dem Gesicht, ging zur Spüle und begann mit dem Abwasch. Vorsichtig legte sie ein Sektglas nach dem anderen ins Spülwasser. Auf einem der Kristallgläser wanden sich drei üppige Blütenranken um den Kelch. Es war das letzte der sechs Gläser, die Stefans Mutter ihnen zur Hochzeit geschenkt hatte. Alle anderen waren schon früher zerbrochen. Das vorletzte Glas war Stefan damals aus der Hand gerutscht, als er mit ihr darauf angestoßen hatte, endlich den Schritt in die Selbständigkeit als unabhängiger Berater gewagt zu haben. Er hatte dafür seine unbefristete Stelle in der Redaktion aufgegeben, was bei Claudia ein ungutes Ziehen im Bauch verursacht hatte. Wen er worüber beriet, wusste sie bis heute nicht, denn kurz nach diesem beruflichen Neustart kam die Trennung. Seitdem kommunizierten sie in knappen Telefonaten nur dann, wenn es etwas wegen der Kinder zu klären gab. Schon bevor sie endgültig geschieden waren, hatte Stefan mehrere Liebschaften hinter sich. Diese schnelle Abfolge wechselnder Beziehungen zog sich so lange hin, bis er vor zehn Jahren Franziska kennenlernte. Die beiden hatten gestern als erste geklingelt. Der große Stefan mit dem weit vorgewölbten Bauch. Er hatte ihn damals der Bewegungslosigkeit des Familienlebens zugeschrieben. Franziska, mager und mit hungrigen Augen, schien der Bauch nicht zu stören. Stefan bekochte sie jeden Abend mit seinen Evergreens der italienischen Küche, die Claudia in- und auswendig kannte. Zu jeder passenden Gelegenheit lobte Franziska seine Kochkünste. »Einfach toll, womit er mich jeden Abend füttert, wenn ich ganz ausgehungert aus dem Büro komme.« Womit Franziska ihn fütterte, wusste Claudia nicht. Sie vermutete, dass es ihre vermeintliche Hilflosigkeit war, die ihn anspornte. Und bisher dachte sie, dass es auch Franziskas Kinderlosigkeit war, die Stefan bei ihr bleiben ließ. Denn er kochte gern für eine Frau, die ihn dafür mit Bewunderung überschüttete. Für seine kleinen Kinder, denen er das Essen noch beibringen musste, hatte er es nie getan. Aber jetzt war sich Claudia nicht mehr sicher. Gerade hatte Franziska »ergreifend« durch den Telefonhörer geflüstert. Vielleicht hätte sie gerne eigene Kinder gehabt, vielleicht war sie der Motor dafür gewesen, dass Stefan nach langen Jahren des Rückzugs wieder mehr Kontakt zu Laura und Sam suchte?

Was sie selbst an Stefan fasziniert hatte, als sie sich kennengelernt hatten, war für Claudia heute nicht mehr nachvollziehbar. Seine immer schweißigen Hände und der hämische Blick, den er nicht verbergen konnte, wenn er vom Scheitern anderer Leute sprach. Aber vor allem die vorlaute Art, sich auch dann in den Vordergrund zu spielen, wenn er gar nicht gefragt war, hatte sie anfangs beunruhigt und später abgestoßen. Seine nach unten hängenden Schultern, die damals so etwas wie Rührung in ihr hervorgerufen hatten, verband sie heute mit seinem mangelnden Durchhaltevermögen. Diese Schultern gehörten zu einem Mann, der die Flinte bereits ins Korn warf, wenn die Saat gerade erst ausgebracht war. Während die beiden gestern ihre Mäntel auszogen, sagte Franziska bedeutungsvoll: »Jetzt wird Laura schon dreißig Jahre alt!« Claudia wusste nichts darauf zu antworten, und auch Stefan schwieg.

Geschwiegen hatte er damals auch zu den zahlreichen Briefen, die sie ihm schicken musste, nachdem er von heute auf morgen den Unterhalt für die Kinder nicht mehr zahlte. Nach Abzug der Unterhaltskosten läge sein Verdienst als Freiberufler unter dem Selbstbehalt, und da er sein Existenzminimum sichern müsse, könne er nichts mehr abgeben. Dies teilte er ihr in einer lapidar hingeworfenen Mail kurz vor Sams siebtem Geburtstag mit. Eine Ungeheuerlichkeit. Zunächst reagierte sie mit Aktionismus. Jugendamt, Zahlungsaufforderungen per Einschreiben, Anwalt, Amtsgericht. Die Wortgruppe »wenigstens der Mindestunterhalt« wurde zu einer Beschwörungsformel. Aber es war nichts zu machen. Nach einem Jahr aufreibender Verhandlungen bestätigten die Richter seinen Status als zahlungsunfähigen Vater. Kurz nach dieser Mitteilung wurde Claudia krank. Eine aggressive Virusinfektion. Nase, Neben- und Stirnhöhlen waren verstopft, die Augen zugeschwollen. Und als hätten sich ihre Sinne untereinander abgesprochen, nahm sie die Welt um sich herum nur noch gedämpft und ohne Kontur wahr. Sie konnte weder riechen noch schmecken, beim Lesen verschwammen die Buchstaben vor ihren Augen und der schnelle Redefluss der Kinder hinterließ ein kurzes Nachwehen ohne Sinn. Aber das Virus brachte eine Wahrheit ans Licht. Ihre unermessliche Wut. Nachdem Nase und Augen tagelang getropft hatten, konnte sie endlich weinen. Als ob ihr Körper erst vormachen musste, was zu tun sei. Vor allem weinte sie vor Wut. Aber auch aus Sorge, was aus ihnen werden sollte, wenn mehrere Hundert Euro im Monat fehlten.

Trotz der drängenden Anrufe aus der Uni blieb sie längere Zeit zu Hause. Die dritte Woche verbrachte sie mit Melissendampfbädern, über die sie ihr aufgequollenes Gesicht hielt, und mit heimlichen Spaziergängen durch den Bethmann Park. Es waren die kleinen Dinge, an denen sie sich festhielt, die ihr Kraft gaben. Das Wasser auf ihrer Haut, ein tiefer Atemzug, die Ruhe, ein Gedicht. Am Ende dieser Woche wusste Claudia, dass sie es schaffen könnten. Nicht irgendwie, sondern nur dadurch, dass sie noch sparsamer lebten.

Als sie das Sektglas zum Trocknen in den Korb stellte, glitt es ihr aus der Hand, landete mit einem Knall auf dem Küchenboden und zersprang. Claudia zuckte zusammen. Diese Schreckhaftigkeit, mit der die Kinder sie immer aufzogen und die sie nicht loswurde. Plötzlicher Lärm, eine hektische Bewegung, etwas nicht Vorhersehbares. Wie ein Blitz schlug der Schrecken in sie ein, und innerhalb weniger Sekunden schoss eine Flut von Gefühlen durch sie hindurch. Wut über das unerwartete, laute Geräusch und auf sich selbst, weil eine Lappalie solch eine Aufregung verursachte. Angst, weil ihr feinnerviger Organismus völlig aus dem Gleichgewicht geraten war. Mit den Jahren hatte sie gelernt, ihre Schreckhaftigkeit zu akzeptieren. Das einzige, was ihrer Meinung nach half, war Verständnis für diese Schwäche. Manchmal konnte sie sogar beim plötzlichen Aufflackern einer Kerze zusammenzucken. Wie, fragte sie sich hin und wieder, konnte ein Mensch wie sie in dieser Welt bestehen? Ihr Schutz war ihre

Zurückgezogenheit; an der Uni verbarg sie sich hinter Fleiß und Korrektheit.

Claudia holte den Besen aus der Vorratskammer und fegte die feuchten Scherben zusammen. Sie trocknete die übrigen Sektgläser ab und stellte sie in den Schrank, bevor sie das Geschirr und die Kuchenteller abwusch. Das empfindliche Rosenthal-Geschirr wollte sie nicht den unberechenbaren Sprühattacken ihrer alten Spülmaschine aussetzen.

»Abwaschen ist Mutterarbeit«, hatte Laura ihr eines Tages entgegengeschleudert, als sie sie aufforderte, in der Küche zu helfen. Danach gab es eine Diskussion darüber, ob und wie viel Kinder im Haushalt mitarbeiten müssten. Claudia erklärte, dass eigentlich immer die Person abwaschen müsse, die nicht gekocht habe. »Aber das ist normalerweise der Vater«, konterte Laura. »Und da es den bei uns nicht gibt, kannst du das nicht einfach auf uns abwälzen.«

»Wir können es auch umdrehen, ihr kocht und ich wasche ab«, erwiderte Claudia ungerührt. Das wollte Sam auf keinen Fall, der gerade in die Küche kam. Und auch Laura machte schnell einen Rückzieher. Wenn die beiden das Abwaschen und Abtrocknen übernähmen, schlug Claudia ihnen vor, sei sie bereit, ihnen dabei ein wenig unter die Arme zu greifen und trotzdem weiter für alle zu kochen. Sie willigten sofort ein. Diese nun täglich gemeinsam verrichtete *Mutterarbeit* war nie harmonisch, denn Laura und Sam stritten immer. Schon bevor das Spülwasser eingelaufen war, ging es los. Claudia erfuhr dadurch allerdings überraschende Neuigkeiten aus dem Leben ihrer Kinder, und Laura und Sam lernten, wenn auch widerwillig, dass sie gebraucht wurden. Sie konnten es nur zu dritt schaffen.

Im Laufe dieser Jahre, in denen ihr die *Mutterarbeit* immer wieder über den Kopf zu wachsen schien, hatte Claudia begriffen, dass sie nicht schneller fertig wurde, wenn sie gehetzt und ungeduldig war. An irgendeinem Punkt hielt sie inne, brachte ihren Atem zur Ruhe und betrachtete das, was sie in diesem Moment tat, als das Wichtigste, was gerade zu tun war. Und mit dieser Einstellung konnte sie die zahllosen *Mutterarbeiten* anfangen zu lieben. Frühmorgens das Streicheln über die Köpfe der Kinder, das Schmieren der Schulbrote, das Zusammenlegen der Wäscheberge, das Ins-Bett-Bringen nach einem langen Tag und vor allem das ständige Essenkochen. Sorgsam, fast liebevoll, schnippelte sie das Gemüse, rührte die Suppe um oder kratzte die Essensreste von den Böden der Kochtöpfe. Als sie einmal für Simone und ihren damaligen Freund gekocht hatte, fragte sie skeptisch, welche rituelle Handlung Claudia hier gerade ausführe und ob sie Sorgen haben müsse, dass das Essen irgendwie verhext sei. Laura antwortete schnippisch: »Hier ist gar nichts verhext. Mama kann einfach nur richtig gut kochen.« Simone war deswegen beleidigt und verabredete sich mit Claudia in der Folge lieber in Restaurants, wohin sie ihre Kinder nicht mitnahm. Da Simone dort aber an jedem Essen etwas auszusetzen hatte und es mit bissigen Kommentaren zurückgehen ließ, wurden auch diese Treffen immer seltener.

Sam saß immer gern in der Küche und schaute Claudia beim Kochen zu. Eines Tages sagte er: »Mama, ich habe dem Hausmeier erzählt, wie es aussieht, wenn du kochst. Ungefähr so, wie wenn ich das Eichhörnchen anlocke. Er hat gesagt, er würde das auch gern mal sehen. Er kann nämlich nicht kochen, und vielleicht kann er es sich ja von dir abgucken.«

Claudia trocknete das Geschirr ab, ging ins Wohnzimmer und stellte Teller und Tassen in den Schrank. Es war schon halb eins. Gestern um diese Zeit hatte sie mit den Vorbereitungen begonnen. Ein perfektes Kaffeetrinken hatte es werden sollen. Alles hatte sie bis ins kleinste Detail, auf den Höhepunkt hin geplant. Die Übergabe ihres Geschenks. Aus der Küche holte sie ein Glasschälchen und setzte sich an den Wohnzimmertisch. Mit der Kaffeetafel hatte sie sich viel Mühe gegeben. Das Rosenthal-Geschirr auf der edlen Damasttischdecke, die weißen Tulpen und die hellgrünen Servietten. Zwischen die Kuchenteller und die beiden Kristallschalen mit frischer Schlagsahne hatte sie kleine, silberne Metallherzen gestreut. Claudia nahm ein Herz in die Hand und befreite es von einem Krümel. Sie legte es in das Glasschälchen und sammelte auch die übrigen Herzen ein. Dort, wo gestern Lauras Geburtstagskerze gestanden hatte, war ein roter Wachsfleck zurückgeblieben. An dem einen Kopfende des Tisches hatte sie die Technik aufgebaut: Laptop, Beamer, Tischkamera, Lautsprecher. An der Wand dahinter hing die Leinwand.

Die beiden Paare saßen sich an den Längsseiten des Tisches gegenüber. Simone und Jo waren kurz nach Stefan und Franziska eingetroffen. Als Claudia die Tür öffnete, redete Simone aufgeregt auf Jo ein. An ihrem Arm hing eine große, weiße Plastiktüte, durch die eine violette Schleife schimmerte. An ihren Ohren baumelten lange Silberohrringe. Sie redete noch, als er ihr schon aus dem Mantel half. Das enge, rote Kostüm, das darunter zum Vorschein kam, betonte ihre noch immer schlanke Figur. Simones gesamte Erscheinung hatte etwas Vogelartiges: die große gebogene Nase, das kurzgeschnittene Haar mit dem wippenden Wirbel und vor allem das unaufhörliche, hektische Nicken. Redend und nickend nahm sie Stefan gegenüber an der Kaffeetafel Platz. Jo, mit grauen Strähnen in seinem schwarzen Pferdeschwanz, hieß eigentlich Johannes. Er war Sozialpädagoge in einer Beratungsstelle für Drogenabhängige und zehn Jahre jünger als Simone. Ihren ununterbrochenen Redefluss ertrug er mit bemerkenswerter Ruhe. Claudia mochte ihn. Aus einer früheren Beziehung hatte er ein Kind, an dem Simone kein gutes Haar ließ. Das arme Geschöpf war wohl auch Thema bei ihrer Ankunft gewesen. Er nahm es hin, als ob die ätzende Kritik seiner Freundin nicht bis zu ihm vordringe. Von den vier Gästen kannten sich nur Simone und Stefan, die sich noch nie besonders gemocht hatten. Gestern war davon allerdings nichts zu spüren. Als alle saßen, stellte sich Claudia am Kopfende des Tisches, gegenüber der Leinwand, auf. Sie begrüßte ihre Gäste und machte sie freundlich, mit knappen Worten bekannt. Solange Laura noch nicht zugeschaltet war, fragte sie alle nach ihren Wünschen, schenkte Kaffee oder Tee ein und verteilte die Kuchenstücke auf die Teller. Sie ging zwischen Wohnzimmer und Küche hin und her, um Sekt, Streichhölzer und einen vergessenen Teelöffel zu holen. Nachdem die Technik lief und Laura auf der Leinwand zu sehen war, stießen alle mit Sekt auf sie an. Lächelnd und mit einem Starbucks-Boston-Becher in der Hand, aus dem frischer Kaffee dampfte, prostete Laura zurück. Claudia sang ein heiseres »Happy Birthday«, aber nur Stefan brummte mit. Sie lachten.

Laura saß in einem dunkelrot geblümten Ohrensessel. Der Laptop musste auf einem niedrigen Tisch vor dem Sessel stehen. Seine Kamera filmte sie aus der Froschperspektive. Das verlieh ihrer Erscheinung auf der Leinwand etwas Mächtiges und Erhabenes. Auf der breiten Sessellehne stand Claudias würfelartiges Geschenk, eingepackt in zartes Seidenpapier mit einem Muster aus roten Rosen. Gut versichert mit FedEx hatte sie es nach Boston geschickt. Wie ein Chamäleon, das komplett in der Oberflächenstruktur seines Untergrunds verschwindet, hockte der Würfel neben Laura. Sie schien ihn nicht zu bemerken.

»Sie sieht gut aus, findest du nicht?«, rief Simone Stefan über den Tisch hinweg zu. Laura trug ihre blonden Haare offen. Wie immer war sie nur leicht geschminkt. Obwohl sie gerade erst aufgestanden sein musste – in Boston war es viertel nach acht am Vormittag –, sah sie wach und frisch aus.

»Deine Tochter wird dir immer ähnlicher. Abgesehen vom Bauchumfang.« Simone lachte laut und nickte dabei.

Stefan erläuterte daraufhin langatmig, dass er zur Zeit eine Spezialdiät mache, die ihm jegliches Essen verbiete, das aus der ungesunden Trias von Zucker, Kohlenhydraten und Fett zubereitet sei, wie alle diese Kuchen. Sein Blick wanderte von einer Torte zur anderen. Er würde sich zur Feier des Tages aber über die strengen Diätregeln hinwegsetzen und ausnahmsweise ein kleines Stück essen.

Laura rutschte in ihrem Sessel nach vorne und musterte mit zusammengekniffenen Augen den reichgedeckten Kaffeetisch.

»Mama, wer soll das alles essen? Smartieskuchen, Frankfurter Kranz.«

»Apfelkuchen«, schnitt Simone ihr das Wort ab. »Die Hälfte hätte auch gereicht, Claudia!«

Jo nahm sein zweites Stück Torte, und mit dem Teller in der Hand sagte er in Richtung Leinwand: »Donauwelle.«

»Aber deine Mutter hat dir hoffentlich keinen Kuchen rübergeschickt?« Simone trank einen Schluck Kaffee und blickte fragend in die leise surrende Tischkamera.

»Nein, nein.« Laura stellte den Becher auf den Tisch, lehnte sich wieder zurück und legte ihre Unterarme auf die Sessellehnen. Der kleine Würfel fiel zu Boden. Schnell hob sie ihn auf. »Mama hat mir dieses Geschenk geschickt.« Sie legte den Würfel auf ihre Hand und streckte sie in Richtung Kamera.

»Wenn du es schon in der Hand hast, dann pack es doch gleich aus!« Claudia lächelte ihr aufmunternd zu.

Laura schaute kurz auf ihre Armbanduhr und sagte, dass sie gleich weg müsse. Leider habe ihre Chefin für neun Uhr eine wichtige Sitzung einberufen. Zwar habe sie ihr gestern von der Verabredung zum transatlantischen Kaffeekränzchen erzählt, aber Geburtstage zählten in der Kanzlei nicht. Job sei eben Job. Sie zuckte mit den Schultern und packte das Geschenk aus. Schnell kam unter dem Rosenpapier der dunkelblaue Samtbezug eines Schmuckdöschens zum Vorschein. Sie klappte den Deckel auf, schaute kurz hinein und machte ihn sofort wieder zu.

»Nein, Mama. Den kann ich nicht annehmen! Der gehört dir.«

Sie stellte das Döschen auf die Lehne zurück. Alle blickten gebannt zur Leinwand. Wie immer in solchen Situationen hörte Claudia auf zu atmen. Mit gepresster Stimme sagte sie: »Natürlich kannst du ihn annehmen. Er ist ein Geschenk! Und er ist sehr wertvoll.« Laura stand auf, wobei ihr Kopf kurzzeitig nicht im Bild war, dann kam sie sehr nah an die Kamera heran. In ihrem jungen Gesicht, das die ganze Leinwand ausfüllte, erkannte Claudia die Entschlossenheit, mit der sie Sam früher verboten hatte, ungefragt ihr Zimmer zu betreten.

»Ich weiß, dass er sehr wertvoll ist, Mama. Aber das geht so nicht. Wir sprechen nochmal drüber. Jetzt muss ich los.«

Sie hob eine elegante Ledertasche und einen Fahrradhelm vom Boden auf.

»Danke für die tolle Feier, und dass ihr alle gekommen seid! Und Mama, bring dem Hausmeier ein Stück Frankfurter Kranz rüber. Das ist sein Lieblingskuchen!«

Sie winkte ihnen zum Abschied zu, verließ den Raum und vergaß, den Laptop auszuschalten. Auf der breiten Lehne des geblümten Ohrensessels hatte das Schmuckdöschen seine Tarnung verloren.

Claudia spürte eine Enge im Brustkorb, als sei er fest mit einem Leinentuch umwickelt.

»Ist es dein Ring?«, Simone schaute neugierig auf Claudias rechte Hand.

Claudia nickte und strich unwillkürlich über ihren blanken Ringfinger. Ihre zusammengeschnürte Brust schmerzte, das Atmen fiel ihr schwer. Um sich aufrecht zu halten, musste sie ihre Unterarme auf der Tischplatte abstützen. Jo, der links neben ihr saß, stand auf und öffnete ein Fenster. Dankbar lächelte sie ihm zu.

»Und diesen Ring will sie jetzt nicht annehmen. Wenn du mich fragst, kein Wunder! Der Ring gehört zu dir. Ich kann mich noch genau erinnern, als du ihn damals bei diesem Goldschmied hier um die Ecke in Auftrag gegeben hast.«

Simone fasste sich mit der Hand in den Nacken. »Jo, es zieht! Kannst du das Fenster bitte wieder zumachen.« Sofort stand er auf und schloss es mit einem kräftigen Ruck.

Stefan kratzte mit der Kuchengabel über seinen leeren Teller und leckte winzige Krümel von den Zinken. Er schaute zu Claudia, und ihre Blicke trafen sich. In seinen wässrigen blauen Augen meinte sie die alte Häme zu erkennen. Aber sie konnte sich auch täuschen. Franziska räusperte sich leise, dann schenkte sie Kaffee nach.

»Und was hast du deiner Tochter geschenkt, Stefan?« Simone nickte ihm zu, wobei ihre Ohrringe leise klirrten.

»Geld. Ich habe ihr Geld überwiesen. Das kann sie im Moment am besten gebrauchen.« Und Franziska ergänzte: »Das Leben in Boston ist sicher sehr kostspielig.«

»Hört sich vernünftig an.« Simone bückte sich, zog unter ihrem Stuhl die knisternde Plastiktüte hervor und stand auf. Jo half ihr im Sitzen, das große, in Goldpapier eingepackte Geschenk aus der Tüte zu ziehen. Als sie die Kuchenteller zur Seite schob, um es auf den Tisch zu stellen, gab sie der Geburtstagskerze einen Schubs, und rotes Wachs floss auf die Tischdecke.

»Schade, ich wollte es ihr eigentlich persönlich überreichen. Wenn du sie das nächste Mal sprichst, sag ihr bitte, dass noch etwas ganz Wunderbares auf sie wartet! Claudia, hast du gehört?«

Simone beugte sich über den Tisch und flüsterte verschwörerisch: »Es ist eine Espressomaschine! Ich weiß doch, dass sie Espresso genauso liebt wie ihr Vater!«

Während Simone, Stefan und Franziska darüber fachsimpelten, welche Maschinen den besten Espresso kochten und Simone betonte, dass es sich bei ihrem Geschenk um ein besonders hochwertiges Modell handele, stand Claudia auf und verließ leise den Raum. Sie ging in ihr Schlafzimmer, riss das Fenster auf und lehnte sich nach draußen. Gierig atmete sie die kühle Frühlingsluft ein. Das Leinentuch hatte sich um keinen Millimeter gelockert. Claudia wurde schwindlig, und sie trat ins Zimmer zurück. Erschöpft setzte sie sich auf die Bettkante. Direkt vor ihr stand die Kirschholzkommode. Sie beugte sich nach vorn und zog die unterste Schublade auf. Ganz oben auf den farbigen Mappen lag eine Papierrolle, die mit einer Schleife aus rotem Geschenkband zugebunden war. Erst vor ein paar Wochen hatte sie die wenigen Seiten des Geburtsmonologs aneinandergeklebt und oben und unten einen Bambusstab angebracht. Dadurch ließen sich die engbedruckten Seiten problemlos auf- und abrollen. Zum Schluss hatte sie eine rote Schleife um die Rolle gebunden. So sah sie aus wie das passende Requisit für ihr Theaterstück oder wie ein richtiges Geschenk. Claudia starrte auf die Papierrolle und strich mit ihrem Daumen einige Male über ihren blanken Ringfinger. Dann tauchte sie in einer einzigen, fließenden Bewegung zur Schublade hinab, fischte die Papierrolle heraus, holte tief Luft und ging ins Wohnzimmer zurück.

Stefan und Simone diskutierten noch immer über das vielfältige Angebot von Espressomaschinen. Sie würde sich an die Italiener halten, betonte Simone und tätschelte ihr Geschenk.

»Wie geht es eigentlich Sam?«, fragte Franziska leise, als sich Claudia wieder an ihren Platz setzte. »Gut, es geht ihm gut. Er ist gerade auf Expedition in Südamerika. Beruflich. Er promoviert über irgendeinen Amazonasfisch, der vom Aussterben bedroht ist.«

Simone und Stefan blickten neugierig zu ihr herüber. Claudia löste die rote Schleife.

»Ich möchte euch etwas erzählen. Das hier«, sie hielt die Papierrolle in die Luft, »ist praktisch auch ein Geschenk. Vor Jahren habe ich ein Theaterstück geschrieben. Darin schenkt eine Mutter ihrer Tochter zum dreißigsten Geburtstag die Geschichte von ihrer Geburt. Eine verrückte Idee. Eine verrückte Mutter, die viele Fehler macht. Ich habe auch Fehler gemacht, aber diesen zum Glück nicht.«

Sie schaute zum leeren Ohrensessel.

»Wenn ihr nichts dagegen habt, lese ich euch den Text vor.« Ohne eine Antwort abzuwarten, rollte sie die Seiten auf.

Hätte jemand in dem Ohrensessel des Bostoner Appartements vor dem Laptop gesessen, so hätte ihm die Frankfurter Tischkamera exakt fünfundzwanzig Minuten lang in verschwommener Nahaufnahme das Goldpapier eines großen Geschenks mit glänzender, violetter Plastikschleife übertragen, durch das schemenhaft der Name des italienischen Herstellers hindurchschimmerte. Gehört, aber nicht gesehen, da sie von dem ausladenden Geschenk völlig verdeckt war, hätte er Claudia, die wie ein mittelalterlicher Bote die Papierrolle oben und unten festhielt und mit ihrer kräftigen, warmen Stimme vorzulesen begann:

Prolog

Meine geliebte Tochter, ich schenke dir zu deinem dreißigsten Geburtstag die Geschichte von deiner Geburt.

In meiner Familie haben wir auf Feiern hin und wieder alle um einen Tisch gesessen. Jede Frau berichtete, wie sie ihre Kinder auf die Welt gebracht hat. Nie war so etwas geplant. Sie fingen einfach an zu erzählen. Diejenige, die die meisten Kinder geboren hatte, bekam die längste Redezeit. Die Männer saßen dabei, hörten zu oder nicht und schwiegen. Es war ein geheimnisvoller Moment, in dem ich, ein kleines Mädchen, die Hoffnungsträgerin der Familie war, weil ich später Kinder bekommen würde. Weil ich die Kunst des Gebärens erlernen würde. Sie hatten mir eine Verantwortung übertragen. Und ich nahm mir vor, sie nicht zu enttäuschen. Ich würde eine Künstlerin sein. Eine große Künstlerin.

Es war einmal in einer kalten Frühlingsnacht, als meine Fruchtblase platzte. Ich lag auf dem Bett, in dem du gezeugt worden warst. Dein Vater war für ein Projekt unterwegs. Als ich aufstand, um zur Toilette zu gehen, lief mir eine dünne, hellgelbe Flüssigkeit die Beine hinab. Ich legte mich wieder auf das Bett und wartete auf deinen Vater. Er kam um drei Uhr, und wir entschieden, bis zum Morgen abzuwarten. Wir schliefen. Die letzte Nacht, in der ich nicht Mutter war.

Am nächsten Morgen rief ich um 6.03 Uhr die Hebamme an. Sie klang verschlafen, denn in der Nacht zuvor hatte sie eine Zwillingsgeburt betreut. Sie war sich nicht sicher, ob es tatsächlich

Fruchtwasser gewesen sei, und wollte ein wenig ausruhen und essen, bevor sie zu mir kommen würde. Ich aß ebenfalls. Ein Brötchen mit Marmelade. Du rührtest dich nicht. Aber dann ging es wieder los, das Wasser floss mir in kitzelnden Rinnsalen an den Innenseiten der Beine entlang. Um 8.13 Uhr rief ich erneut die Hebamme an. »Es läuft und läuft«, sagte ich in den Hörer. Elf Minuten später war sie da. Im Geburtsbericht hieß es dann, die Fruchtblase sei morgens um 8.00 Uhr geplatzt. Aber ich wusste, dass es schon in der Nacht passiert war. Ich legte mich auf das Bett und stellte die Beine hoch. Die Hebamme untersuchte mich. Der Muttermund war einen Zentimeter weit geöffnet. Dein Herzschlag war normal. »Die Geburt geht los«, sagte sie und rief im Hinausgehen: »Ruf sofort an, wenn du mich brauchst!«

»Claudia, ich finde, das führt zu weit!«, unterbrach Stefan sie gereizt und stützte beide Ellenbogen auf den Tisch. »Psst«, hauchte Franziska und zog ihn sanft zurück.

Ich lasse mir in mein Gebären nicht hineinreden. Es ist eine Kunst. Meine Kunst. Ich wollte eine Meisterin darin sein. Nicht im Krankenhaus solltest du zur Welt kommen – umringt von Ärzten, die mich auf den Rücken drücken und meine Beine hochreißen. Ohne Periduralanästhesie, ohne Kaiserschnitt, ohne jegliche Form der Betäubung wollte ich dich herauspressen. Nur das Kind und ich sollten es tun, mit Hilfe der Hebamme. Zu Hause, auf dem Bett, in dem du gezeugt worden warst. Ich bin die Künstlerin! Und gerade ich sollte die Fäden nicht in der Hand halten?

Kaum hatte die Hebamme unsere Wohnung verlassen, wurden die Wehen stärker. Bisher hatte ich nur ein leichtes Ziehen im Bauch verspürt. In den Lehrbüchern steht, dass in der Eröffnungsphase einer Geburt die Wehen alle fünfzehn bis zwanzig Minuten wiederkehren und dreißig Sekunden dauern. Bei mir waren sie plötzlich da und blieben ohne längere Pause exakt sieben Stunden und sechsundvierzig Minuten, so lange, wie deine Geburt dauerte, wenn der Geburtstermin auf 8.00 Uhr morgens datiert wird. Um 12.00 Uhr hielt ich es nicht mehr aus. Schon jetzt war ich sehr erschöpft. Drei Minuten später rief dein Vater die Hebamme an und sagte ihr, dass wir es nicht länger allein schaffen würden. Um 12.18 Uhr stand sie in unserer Wohnung. Ich lag auf dem Bett und hatte kalte Füße. Die Hebamme bemerkte es sofort. »Mit kalten Füßen kannst du kein Kind auf die Welt bringen!«, rief sie fröhlich und ließ mir ein Bad ein. Sie untersuchte den Muttermund. Erst drei Zentimeter geöffnet. Deine Herztöne normal. Das Ausziehen im Bad war eine Qual. Langsam senkte ich mich ins warme Wasser. Es kam mir vor, als hätte ich so tagelang dahingedämmert, aber es war nur eine Stunde, wie mir später die Hebamme erzählte. Das Badewasser hatte die Wehen verstärkt, gleichzeitig konnte ich mich besser entspannen. In den kurzen Wehenpausen sackte ich weg in einen Sekundenschlaf. Schon am Anfang dieser Stunde im Wasser war unwillkürlich mein Atem ins Spiel gekommen. Ich atmete durch die Nase ein und auf einem langen »W« wieder aus. Dieser Laut hatte sich schnell zu einem beängstigenden »Wöööhhh« gesteigert. Kam eine Wehe, zog ich mich an der Brausestange hoch und stieß mein »Wöööhhh« von mir. Zog sich die Wehe zurück, ließ ich mich wieder ins Wasser gleiten.

Die Hebamme immer neben mir. Manchmal goss sie mit einem Kaffeebecher warmes Wasser über meinen riesigen Bauch. Als dein Vater ins Badezimmer kam und ich mit geschlossenen Augen in der Wanne lag, fragte er zum ersten Mal besorgt, ob mit mir alles in Ordnung sei. Ich antwortete »Wöööhhh« und zog mich an der Stange hoch.

Der Schmerz. Man sagt, die Frauen vergäßen den Schmerz, irgendwann nach der Geburt. Ich habe ihn bis heute nicht vergessen. Der Schmerz ist die treibende Kraft. Er führt ins Leben hinein und aus ihm heraus. »Du musst ihn hinnehmen«, hatte die Hebamme gesagt. »Wehr dich nicht gegen ihn, er weiß besser als du, was zu tun ist.« Ich überließ meinen Körper dem Schmerz. Ich musste vertrauen. Und das tat am meisten weh.

Nachdem ich das Bad verlassen hatte, war der Muttermund acht Zentimeter weit geöffnet. Halb nackt ging ich durch die Wohnung und stützte mich auf die Hebamme, die mir ihre Schulter zum Veratmen der Wehen hinhielt. Mühsam legte ich mich wieder aufs Bett. Dann konnte ich nichts mehr, nur noch schreien. Die Austreibungsphase hatte begonnen. Es war an der Zeit, alle Schleusen zu öffnen.

Ich, die bei dieser Geburt eine Betäubung verabscheut hatte, bettelte nach der Periduralanästhesie. Ich, die sich geschworen hatte, dir so viel Zeit zu lassen, wie du brauchtest, stöhnte: »Wie lange noch?« Mir war nicht klar gewesen, dass es so schwer sein würde, eine Künstlerin zu sein.

Für eine medizinische Betäubung war es zu spät. Du hattest schon achtzehn Zentimeter zurückgelegt, wie mir die Hebamme sagte. Das, was jetzt geschah, hatte ich nicht erwartet, es stand in keinem Lehrbuch: Zentnerschwere Gewichte ließen sich auf meiner Gebärmutter nieder und drückten erbarmungslos gegen den Beckenboden. Ein Muskeltier wucherte in meinem Leib. Mit einer unvorstellbaren Kraft, die keine meiner Muskeln vorher je zustande gebracht hatten. Aber das Muskeltier entzog sich meiner Kontrolle, es gehorchte mir nicht. Wenn doch, hätte es ein schlimmes Ende für dich genommen, ich hätte es zurückgepfiffen und an seinen Platz verwiesen.

Ich lag auf der Seite, krallte meine Finger in die Matratze, der Speichel floss mir die Mundwinkel herab. Das harmlose »Wöööhhh« längst eingetauscht in hemmungsloses Schreien. Das Muskeltier arbeitete hart, aber nicht hart genug, denn dein Kopf kam nicht heraus. Ich weiß es noch genau. Zehn dieser Wehen waren vorüber, seitdem das Tier in mir hauste. »Steh doch noch mal auf«, befahl die Hebamme freundlich und wusste genau, was sie mir antat. Wie sollte ich auf meine Beine kommen und stehen bleiben? Aber ich stand auf, in einer Wehenpause, und blieb stehen: breitbeinig, vor dem Bett, nach vorne gebeugt und auf einen Kissenberg gestützt. Neben mir kniete die Hebamme mit erhobenen Armen. Ich stand auf meinen zitternden Beinen und schrie. Mein Junges sollte mit Hilfe der Schwerkraft aus mir herausrutschen. Mit der nächsten Wehe kam dein Köpfchen. Hinter mir platschte Geburtswasser auf das Parkett.

Ich hatte nicht die Kraft, deinen Kopf mit den Fingern zu berühren. Noch keine Erlösung. Wo war das Muskeltier? Endlich kam es wieder angeschlichen, aus dem Hinterhalt von langen Sekunden und drückte dich ganz aus mir heraus, mit einem letzten Schrei, der von deinem ersten abgelöst wurde. Ruhig und liebevoll empfing dich die Hebamme in ihren Armen.

Da war sie, die Erlösung, und sofort begann das Muskeltier, sich zurückzuziehen. Nur der Mutterkuchen fehlte noch. Die Hebamme hob dich zwischen meinen Beinen hindurch. Sehr vorsichtig, denn die Nabelschnur verband uns noch immer. Dann führte sie mich in die Arme deines Vaters, der auf dem Hocker saß und darauf wartete, die Schnur zu durchtrennen. Ich sackte zwischen seine Beine. Die Hebamme legte dich auf meinen Bauch. Nass, mit zerdrückter Nase und voller Käseschmiere. Du warst am Leben. Und vom ersten Augenblick an musste ich dich lieben.

Die Stille, die nun einsetzte, war schwer und vielstimmig. Sie übertönte das leise Rauschen der Technik, die alles aufgezeichnet hatte. Erschöpft legte Claudia die Papierrolle auf den Tisch. Das klamme Leinentuch um ihren Brustkorb war verschwunden. Sie konnte wieder atmen, sanft und regelmäßig hob sich ihre Bauchdecke.

In diese Stille hinein schleuderte Simone das Wort *übergriffig*.

Und als hätte sie einen Stein ins Wasser geworfen, entstand um dieses Wort herum Bewegung. Stefan und Jo, die sich auf den Tisch gestützt hatten, lehnten sich abrupt zurück. Franziskas Oberkörper fiel nach vorne, und sie verbarg ihr Gesicht zwischen den Händen. Claudia richtete sich zu ihrer vollen Größe auf.

»Ich empfinde diesen Text als äußerst übergriffig, und ich kann nur sagen, zum Glück hat Laura den nicht gehört!«

Nickend schaute sie von einem zum anderen, als hätten ihr alle schon zugestimmt. Jo sagte nichts, er starrte auf seinen Kuchenteller, als suchte er etwas zwischen den Krümeln. Stefan wirkte unsicher und grummelte ein schwer zu verstehendes »Unpassend«. Er rückte näher an Franziska heran, die noch immer ihr Gesicht mit den Händen verdeckte.

Claudia schluckte. Sehr leise und wie zu sich selbst sagte sie: »Es geht lediglich um zwanzig Zentimeter. Um die beschwerlichen zwanzig Zentimeter, die sich ein Kind durch den Geburtskanal seiner Mutter zwängt.«

Simone schüttelte unwillig den Kopf.

»Der Geburtsmonolog ist der Höhepunkt des Stückes«, fuhr Claudia unbeirrt fort. »Darin wächst die Figur der Mutter über sich hinaus. Sie geht in den Geburtsschmerz hinein, überlässt sich dem Rhythmus der Wehen und erlebt sehr bewusst, wie ihr Körper eine großartige Leistung vollbringt. Letztlich macht sie die Erfahrung, dass ihr durch die Geburt mehr geschenkt wird als ein Kind.«

»Und was bitte und von wem?« Simone nickte ungeduldig in die Runde.

»Dieses Muskeltier ist sehr real«, sagte Claudia. »Man mag es primitiv nennen, einen biologischen Prozess, aber es bringt der Figur der Mutter die Gewissheit, dass ihre Kraft da ist, wenn sie sie braucht. Erst seit dieser Geburt kann sie auf die schöpferische Kraft in sich selbst vertrauen.«

»Und das wird später in deinem Stück deutlich?« Auf Simones Nasenwurzel prangte die gefürchtete Steilfalte, die immer dann zum Vorschein kam, wenn sie dazu ansetzte, in einer schnellen, aus nicht mehr als zwei oder drei Sätzen bestehenden Analyse einen Text in Grund und Boden zu verdammen. Aber dann kam das:

»Ich muss jetzt erst mal zwei Dinge klarkriegen. Erstens wusste ich nicht, dass du wieder schreibst!« Sie schaute Claudia mitleidig an, als hätte sie gerade erst erfahren, dass ihre Freundin an einer unheilbaren Krankheit litt. »Und zweitens verstehe ich nicht, warum du dich für eine Künstlerin hältst, nur, weil du Kinder geboren hast.«

In diesem Moment begann Franziska zu schluchzen. Sie nahm ihre Hände vom Gesicht und holte umständlich ein Taschentuch aus der Handtasche, um die Tränen abzuwischen. »Entschuldigung«, murmelte sie und versuchte, so gut es ging, ihre verweinten Augen hinter dem Tuch zu verbergen. Stefan legte einen Arm um ihre Schultern.

Finster starrte Claudia auf das zerknüllte Taschentuch in Franziskas Hand, für das sie sich verantwortlich fühlte.

»Die Figur in dem Theaterstück hält sich für eine Künstlerin. Nicht ich.« Sie schaute ihre Gäste nacheinander an. Die beiden Männer wichen ihrem Blick aus, nur Simone hielt ihm stand. »Nichtsdestotrotz ist es eine Kunst, ein Kind zur Welt zu bringen. Die Kunst der Lebensschöpfung.«

Simone schnappte nach Luft.

Schnell ergänzte Claudia. »Du müsstest das ganze Stück lesen. Ich wollte eine natürliche Geburt schildern, und dass sie eine Erfahrung persönlicher Ermächtigung sein kann. Praktisch jede Verbundenheit mit den eigenen inneren

Kräften kann einen Menschen wachsen lassen. In meinem Theaterstück geht es nun mal um eine Frau, die ein Kind zur Welt bringt.«

Stefan stand mühsam auf und stellte sich hinter Franziskas Stuhl. Er reckte sich in Richtung Zimmerdecke und verzog dabei sein Gesicht, als ob ihm das Sitzen nicht gut getan hätte. Als er seine Arme wieder herunternahm, riss er das Elefantenmobile mit. Es fiel ihm direkt in die Hände, samt Haken, der in der Öse des Nylonfadens baumelte. Genervt legte er das verhedderte Mobile auf den Tisch.

»Wir gehen jetzt besser. Komm!« Entschlossen zog er Franziska am Arm nach oben und führte sie über den Flur zur Garderobe. Claudia konnte nicht verstehen, was er ihr im Hinausgehen zuraunte.

»Dann gehen wir jetzt auch, Jo!« Simone stand auf. Er folgte zögernd. An der Tür zum Flur drehte sie sich noch einmal um. »Eine Frau kriegt ein Kind, macht Kunst daraus und redet darüber. Das war wohl zu viel des Guten.«

Claudia konnte sich nicht erinnern, ob sie ihren Gästen zum Abschied etwas Entschuldigendes hinterhergerufen oder ob sie einfach geschwiegen hatte. Erinnern konnte sie sich nur an das Geräusch, als die Wohnungstür ins Schloss gefallen war. Noch lange saß sie am Tisch und trank langsam, in kleinen Schlucken die Sektflasche leer. Erst in der Dämmerung baute sie die Technik ab. Dann trug sie das Geschirr und die vollen Kuchenteller in die Küche. Sie schaltete das Licht aus und ging schlafen.

Teil II

Claudia legte das letzte Metallherz in das Glasschälchen, stand auf und stellte es in den Wohnzimmerschrank. Vielleicht würde sie die Herzen für eine nächste Geburtstagsfeier noch einmal brauchen. Sam hatte angedeutet, im August, zu seinem Geburtstag, nach Frankfurt zu kommen. Zum Kaffee würde sie Donauwelle und einen Frankfurter Kranz backen und ihm vorschlagen, zum ersten Mal auch den Hausmeier einzuladen. Leise schloss sie die Schranktür. Hätte sie doch dem Hausmeier den Frankfurter Kranz hinübergebracht!

Das Telefon klingelte. Schon bevor sie den Hörer abnahm, ahnte Claudia, dass es keine guten Nachrichten waren. Ein paar Minuten später stand sie vor Hausmeiers Wohnungstür und drückte auf den messingfarbenen Klingelknopf. Ihre Hand zitterte. Warum machte er gerade jetzt nicht auf? Sie wollte schon an die Tür klopfen, als der Hausmeier öffnete, in Jogginghose und weißem T-Shirt. In seiner Hand ein Puzzleteil. Aus der Wohnung schlug ihr die gewohnte Hitze entgegen.

»Was ist?«, fragte er und trat einen Schritt zurück, als er Claudias Gesicht sah.

»Sie hatte einen Unfall. Mit dem Fahrrad.«

Der Hausmeier machte einen weiteren Schritt rückwärts und stoppte, als sei er gegen eine unsichtbare Mauer gestoßen. Claudia ging auf ihn zu. Damit hatte sie ungefragt seine

Türschwelle übertreten, was sie unter normalen Umständen nie gewagt hätte. Er wich noch einige Zentimeter nach hinten, bis ihm die Wand endgültig den Rückzug versperrte.

»Wie geht es ihr?«, presste er hervor.

»Ich weiß es nicht. Sie liegt in Boston in einer Klinik. Die Krankenschwester hat von schweren Verletzungen gesprochen. Auch am Kopf.« Claudia konnte ihre Tränen nicht mehr zurückhalten und kippte an ihm vorbei in seine überheizte Wohnung. Dort lehnte sie sich an die graumelierte Polstergarnitur im Wohnzimmer, auf der sich ihre Kinder nach jeder schlechten Note vom gezähmten Eichhörnchen hatten trösten lassen.

»Ich muss zu ihr«, schluchzte sie und sank auf die Sofalehne.

Der Hausmeier schloss die Wohnungstür und zog seine Joggingjacke an. Das Puzzleteil steckte er in die Jackentasche, dann setzte er sich ihr gegenüber, in seinen abgenutzten Fernsehsessel. Zwischen ihnen auf einem Holztisch lag das fast fertige Puzzle einer alpinen Winterlandschaft.

»Ich komme mit.«

Die Hitze in Hausmeiers Wohnung machte Claudia zu schaffen, ihre Wangen glühten. Es kostete sie viel Kraft, nicht vollends die Beherrschung zu verlieren. Sie schob die Ärmel ihres Wollpullovers nach oben und rutschte von der Lehne aufs Sofa.

»Wie bitte?«

»Natürlich komme ich mit. Man kann das Kind in dieser Situation nicht alleinlassen.«

Claudia strich mit dem Handrücken die Tränen von ihren heißen Wangen. Stockend stieß sie hervor:

»Das haben Sie damals auch gesagt, als Laura einmal ohne Schlüssel aus der Schule kam, nicht in unsere Wohnung konnte und dann bei Ihnen warten durfte.«

Der Hausmeier schaute ernst, fast liebevoll, dann verzog er seine schmalen Lippen zu etwas, das aussah wie ein Grinsen. Er holte ein sauberes Taschentuch aus seiner Jogginghose, reichte es ihr hinüber und sagte: »Das war Sam, Frau Schöne, Sam hatte selten einen Schlüssel dabei.«

Einen Tag später saßen sie nebeneinander im Flugzeug nach Boston. Nachdem Claudia sich beruhigt und dem Hausmeier alles erzählt hatte, was sie wusste – schwere Gehirnerschütterung, rechtes Bein und rechtes Schlüsselbein gebrochen –, hatten sie entschieden, so schnell wie möglich zu fliegen. Claudia hatte für sie beide ein Touristenvisum besorgt und diesen Direktflug gebucht. Dann riefen sie Sam an, der sofort anbot, auch nach Boston zu kommen. Vielleicht könne er sich ja irgendwie nützlich machen. Seine Amazonas-Expedition sei sowieso gerade zu Ende und den Rückflug von Quito nach Hamburg habe er noch nicht gebucht. Claudia fragte den Hausmeier, ob er zusammen mit ihr und Sam in einer preiswerten Ferienwohnung übernachten würde. Sie konnte nicht einschätzen, ob er nur wegen des hohen Flugpreises sofort zustimmte. Dann beauftragten sie Sam, ein Appartement mit drei separaten Schlafzimmern in der Nähe des Massachusetts General Hospitals zu suchen. Er versprach, sein Bestes zu geben und die Adresse in den nächsten Stunden per SMS zu schicken.

Claudia streckte sich in dem engen Sitz der Boeing 747. Rechts von ihr, am Fenster, saß ein junger Mann mit kurzrasierten Haaren und Goldbrille. Alles an ihm war gepflegt, die Fingernägel, das gebügelte weiße Hemd, und alles an ihm war schnell und perfekt, bis in die kleinsten Gesten. Schon bevor sie und der Hausmeier sich auf ihren Sitzen sortierten, hatte er mit großen, schwarzen Kopfhörern entspannt vor seinem Tablet gesessen und einen Film geschaut. Der Hausmeier, links neben ihr, schien noch immer zu schlafen. Mehr als acht Stunden würden sie jetzt nebeneinandersitzen. Eine Nähe, die neu und unangenehm war. Bisher hatte keiner gewagt, die Armlehne zwischen ihren Sitzen in Anspruch zu nehmen. Sobald die Flughöhe erreicht war, hatte der Hausmeier eine schwarze Binde über die Augen gezogen und sich mit den Worten verabschiedet: »Ich schlafe jetzt eine Runde.« Verstohlen betrachtete sie sein Profil. Die etwas zu große Nase, die dünnen Lippen, das schüttere, graue Haar. Ein gewöhnliches, nicht hässliches Gesicht, dem die Augenbinde eine gewisse Verwegenheit verlieh. Seine rheumatischen Hände lagen entspannt auf den Oberschenkeln. Den Knoten und Schwellungen nach, die besonders die beiden Zeigefinger verformten, musste er große Schmerzen haben. Die Kinder hatten nie von seiner Krankheit erzählt. Claudia vermutete, dass er mit ihnen nicht darüber gesprochen hatte und wahrscheinlich ohnehin nicht gern davon sprach.

Kurz vor dem Boarding in Terminal 2 hatte ihr der Hausmeier gestanden, dass er noch nie zuvor geflogen sei. Es sei zwar immer sein Wunsch gewesen, und er habe sich seit seiner Kindheit für Technik und Motoren interessiert, aber zu mehr als einer Straßenbahn habe es nicht gereicht. Dabei lachte er, und sie hatte den Eindruck, dass er noch weitersprechen wollte, aber er schwieg. Umständlich holte er seinen Reisepass aus der schwarzen Bauchtasche, die aus seinem langen, offenen Wintermantel herausschaute und die er für den Rest der Reise nur selten ablegen würde. Beim Hervorkramen ihres Passes erzählte sie ihm, dass ihr letzter Flug mehr als fünfzehn Jahre zurücklag. Gemeinsam mit den Kindern war sie damals nach Kreta geflogen. Aber das wusste er doch sicherlich? Der Hausmeier hatte nur genickt und sich neben ihr in die Schlange vor der Gepäckabgabe eingereiht.

Claudia brachte ihren Sitz in die Ruheposition und schloss die Augen.

Tatsächlich hatte sie damals diesen einwöchigen Pauschalurlaub nach Kreta gebucht. Schon am Flughafen überfiel sie ein Gefühl grenzenloser Einsamkeit. Um sie herum nur Paare, manche von ihnen mit einem Kind.

»Die sind alle zu zweit«, rutschte es aus ihr heraus.

»Wir sind zum Glück zu dritt«, antwortete Sam trocken. Er verließ sich immer gern auf reine Zahlenwerte.

Am Urlaubsort angekommen, erhielten sie nicht das bestellte Zimmer mit Meerblick, die Klimaanlage tropfte und brummte so laut wie ein Kleinwagen. Im überfüllten Hotelkomplex war kein ruhiger Ort, an den sie sich zurückziehen konnte.

Kurz vor der Reise hatte Claudia mehrere Bücher und Artikel über die minoische Kultur gelesen. Gleich am ersten Tag schleppte sie die Kinder ins Archäologische Museum von Heraklion und an den folgenden Tagen zu den Ausgrabungsstätten von Knossos, Phaistos und Malia. Treuherzig und schwitzend, dick mit Sonnencreme eingeschmiert und mit nagelneuen Basthüten auf den verklebten Haaren, folgten sie ihr von Schattenplatz zu Schattenplatz. In Knossos hatten sie das Wasser vergessen. Die Kinder blieben im spärlichen Schatten eines dürren Olivenbaums hocken, während Claudia das weitläufige Gelände durchstreifte. Eine Führung konnte sie sich nicht leisten. In unauffälligem Abstand folgte sie einer Gruppe bildungshungriger Französinnen und Franzosen, die von einem griechischen Reiseleiter fachkundig über das Gelände geführt wurde. Ihr Französisch war zu schlecht, um seine scheinbar detaillierten Ausführungen zu verstehen. Als er die Kopfbedeckung der beiden Schlangengöttinnen aus Fayence erklärte, trafen sich ihre Blicke, und er meinte in ihre Richtung: »Elles sont très interessantes, non?« Claudia hatte nichts verstanden; erst zu Hause las sie von dem stilisierten Panther, der den Kopf der einen Göttin krönte. Fasziniert und ein wenig enttäuscht blieb sie noch ein paar Minuten vor den beiden Figuren stehen. Die französische Reisegruppe zog weiter, ein neugieriges Pärchen drängte sich zwischen sie und die Vitrine, um zahllose

Fotos zu schießen. Wie gern hätte sie alles über diese Figuren erfahren! Die vielen Rätsel der minoischen Kultur selbst gelöst. Hatten sie tatsächlich eine höchste Priesterin? Wie wurde der Schlangenkult zelebriert? Doch jetzt musste sie schnell zu den Kindern zurück. Als sie sich umdrehte, stand hinter ihr, im Dunkel des Ausstellungsraums, der griechische Reiseleiter.

»Parlez vous français?« Seine braunen Augen blitzen neugierig. Er war geringfügig kleiner als sie.

Claudia schüttelte den Kopf.

»Doesn't matter!« Er schaute sie mit zusammengekniffenen Augen an, als untersuche er einen Ausgrabungsfund.

»You know a lot about the Minoan Culture.«

Sie zuckte mit den Schultern. »Not enough.«

»We will never know everything about them«, flüsterte er und zog resigniert eine Braue nach oben. Dabei ließ er sie nicht aus den Augen. Dann beugte er sich leicht nach vorne, als wollte er ihr einen Handkuss geben. Claudia bekam eine Gänsehaut.

»They are waiting«, er nickte in Richtung Ausgang.

»Yes, indeed.« Auch Claudia nickte, als sei sie sein verzögertes Spiegelbild. In entgegengesetzter Richtung verließen beide den Raum.

Als sie zu ihren durstigen Kindern zurückkam, wurde sie mürrisch empfangen. Den nächsten Tag würden sie nur am Pool oder am Meer verbringen, versprach sie.

Auf einer ihrer Ausflüge im kleinen gelben Mietauto gab es Streit. Claudia hatte die Sperrung einer Bergstraße missachtet und war stoisch einem kretischen Pickup gefolgt, der die kilometerlange Umleitung durch die Berge ignorierte. Schon nach wenigen hundert Metern zeigte sich der berechtigte Grund für diese Sperrung: Ein Teil der Straße war abgerutscht und in eine Schlucht gestürzt. Übriggeblieben war ein schmaler Fahrstreifen mit spitzen Asphaltfransen an der Hangseite. Laura, die sich ängstlich in den Beifahrersitz drückte, wurde wütend und beschuldigte ihre Mutter, sie alle in Lebensgefahr zu bringen. Sam gab vom Rücksitz aus zu bedenken, dass Mama erstens super Auto fahre und zweitens für ihr mickriges Mietauto genug Platz sei, um nicht in die Schlucht zu fallen.

»Und wenn ein Auto von vorne kommt?« Laura krallte sich gereizt am Türgriff fest.

»Dann wird Mama schon eine Lösung finden.« Sam sprach sehr langsam und ahmte den Tonfall seiner Mutter nach, wenn sie versuchte, ihre Kinder zu beruhigen. Claudia fuhr immer schneller, um endlich das Ende dieser abgerissenen Straße zu erreichen. Schließlich kamen sie an einem großen Schutthaufen vorbei, in dem ein Warnschild steckte, alles auf Griechisch, mit vielen Ausrufezeichen. Dann standen sie vor einer weiteren Absperrung. Claudia stoppte kurz, schaute vorsichtshalber nach rechts und links und schlängelte im Schneckentempo das kleine Auto an der Schranke vorbei. Erleichtert bog sie, irgendwo oben in der Lassithi-Ebene, auf die befestigte Hauptstraße ab.

»Mach das nie wieder!«, fauchte Laura neben ihr. Claudia versprach es.

»Ich fand es nicht schlimm! Warum regst du dich so auf?« Sams Geduld war am Ende, und dann begann der Streit. Als Claudia es nicht mehr aushielt, stoppte sie am Straßenrand, stieg aus und ging, ohne sich nach den Kindern umzudrehen, auf das kleine Restaurant zu, das neben der Straße an den Hang gebaut war. Zankend und schubsend zwängten sich die Kinder aus dem Auto und liefen hinter ihr her. Sie ging schneller, wollte das Restaurant allein betreten, allein dort sitzen, allein die Ruhe der Berge genießen. Aber die Kinder hatten sie schnell eingeholt, und so betraten sie gemeinsam die gemütliche, mit Weinranken überwucherte Veranda. Hier und da hingen Rispen unreifer, grüner Trauben herab. Ohne Laura und Sam zu beachten, setzte sie sich an einen Tisch, von dem sie einen wunderschönen Blick auf die Berge hatte. Die beiden platzierten sich links und rechts von ihr. Laura, noch immer beleidigt, starrte gelangweilt auf die Weinranken, Sam blätterte neugierig in der Speisekarte. Wie aus dem Nichts tauchte plötzlich ein winziger, dünner Mann neben ihnen auf. Offensichtlich der Wirt. Claudia konnte ihm im Sitzen direkt in die fragenden, olivgrünen Augen blicken. Nicht der tapfere, kräftige Held aus der Mythologie, sondern der schmächtige, weise Ziegenhirt. Erst im Nachhinein wurde ihr klar, dass er innerhalb von Sekunden die Situation erfasst hatte. Zuerst wandte er sich der *young lady* zu und empfahl in seinem einfachen Englisch die hausgemachte Eiscreme, wobei er das r stark rollte. Er habe zwar nur drei Geschmackssorten *Schoko, Vanilla* und *Berry,* aber zur Feier des Tages würde er alle drei zum Preis von einer Kugel bringen. Laura nickte gnädig. Sam rieb sich begeistert die Hände.

»And a coffee for Madame.« Das war keine Frage, sondern eine Feststellung.

»Yes, good idea.«

Zügig servierte er den Kindern das Eis, dann kam er mit Claudias Kaffee noch einmal an den Tisch. Er blieb neben ihrem Stuhl stehen, schaute sie vielsagend an und blickte nach oben. Dann nahm er eine hellgrüne Traube zwischen Daumen und Zeigefinger, drückte sie prüfend und entschuldigte sich, dass sie noch immer nicht reif seien. Sonst hätten die Kinder und selbstverständlich auch *Madame* reichlich davon probieren können. Aber als Ersatz habe er etwas ganz Besonderes für sie. Er verschwand und stand sofort wieder neben ihr. Stolz stellte er eine Schale mit braunen, verschrumpelten Früchten auf den Tisch, die in einer sirupartigen Flüssigkeit schwammen. Das sei eine Spezialität des Hauses und eine kleine Aufmerksamkeit für *Madame*. Während er wortreich seine selbstentwickelte Methode erklärte, Weintrauben einzukochen, löffelte Claudia das süße Kompott. Laura beobachtete sie skeptisch. Als Sam eine schrumpelige Frucht aus dem Schälchen fischte und probierte, nahm auch sie eine Traube: »Geht so. Aber viel zu süß.« Der Wirt stand noch immer neben ihrem Tisch und bot den Kindern enthusiastisch eine eigene Portion an, die sie lachend ablehnten.

»Delicious!«, Claudia hatte alle Trauben aufgegessen, und sofort wollte er ihr ein weiteres Schälchen bringen.

»No, no! Thank you so much!« Sie lobte die einzigartige kretische Gastfreundschaft, die kretische Küche und überhaupt Kreta! Der Wirt nickte wohlwollend und blickte zufrieden auf seine gutgelaunten Gäste. Mit einem großzügigen Trinkgeld verabschiedeten sie sich. Er nahm es stolz entgegen und steckte die Scheine mit professioneller Geste in sein ausladendes, schwarzes Portemonnaie. Dann klemmte er es zwischen Gürtel und Hose auf seinen schmalen Rücken und trug es in die Küche. In weitaus besserer Stimmung fuhren sie zum Hotel zurück und verbrachten den Rest des Tages an einem überfüllten Strand mit türkisfarbenem Meer.

Nach einer Woche Kreta kam Claudia wie erschlagen nach Hause zurück. Zum Glück hatte sie eine zweite Woche Urlaub beantragt. Sie schlief lange, kochte schnelle Mittagessen und ließ sich viel Zeit mit dem Wäschewaschen. Sam war oft beim Hausmeier. Er versuchte, das Eichhörnchen bis hinter das Sofa und vielleicht sogar bis in die Küche zu locken. Sie hatten es *Rudi* getauft. Mit federleichten Halbmondsprüngen wagte es sich vom Ast des Walnussbaumes, der im Hinterhof stand, über Hausmeiers Balkon bis auf sein graumeliertes Sofa. Dort lagen immer Nüsse bereit. In der Regel Walnüsse, die mochte Rudi am liebsten. Er nahm sie zwischen die Vorderpfoten und knackte sie mit seinen scharfen Schneidezähnen präzise auf. Dabei drehte er die Nuss geschickt im Kreis. Dann sprang er auf die Rückenlehne des Sofas und verspeiste sie mit kurzen, festen Bissen. Die offene Balkontür, seinen Weg in die Freiheit, ließ er nie aus den

Augen. Sam hatte sich vorgenommen, Rudis Aktionsradius in den Ferien maßgeblich zu erweitern. Zusammen mit dem Hausmeier entwickelte er einen Plan, wie man Rudi auch in die hinteren Bereiche der Wohnung locken könnte. Vorerst legten sie die Nüsse nicht mehr aufs Sofa, sondern auf den Teppichboden davor. Es dauerte drei Tage, bis Rudi sich darauf einließ, und die Nüsse vom Boden aufs Sofa holte, um sie, wie immer, auf der Sitzfläche zu knacken und auf der Lehne zu verspeisen. Sam führte über die Entwicklungen akribisch ein *wissenschaftliches Tagebuch,* wie er es nannte. Darin waren Rudis Exkursionen in Hausmeiers Wohnung mit Zeit- und Zentimeterangaben genau protokolliert. Zusätzlich zeichnete er einen Grundriss von Hausmeiers Wohnzimmer, in dem er mit feingestrichelten Linien Rudis Streifzüge und den Fortschritt ihrer Bemühungen dokumentierte. Am Ende der Ferien war das Heft von der ersten bis zur letzten Seite vollgeschrieben, und das Eichhörnchen tatsächlich ein einziges Mal bis in die Küche vorgedrungen. Allerdings hatte es sich dort nur kurz umgeschaut, die auf dem Boden liegende Walnuss ergriffen und war auf dem schnellsten Weg zurück zum Sofa geflüchtet. Der Höhepunkt von Sams wissenschaftlichen Untersuchungen war der Tag, an dem Rudi ihm die Nuss aus der Hand nahm und sie, vor ihm auf dem Boden sitzend, auffraß.

Claudia bekam über die Ergebnisse des Tages regelmäßig Bericht erstattet. Der Hausmeier schien bei dem Unterfangen ebenso eifrig dabei zu sein wie Sam. Er war es, der ihm das Heft gekauft hatte. Bis heute lag es sicher aufbewahrt in ihrer Kirschholzkommode. Als dann auch noch Laura für Stunden in Hausmeiers Wohnung verschwand, fing Claudia an, sich Sorgen zu machen. Zaghaft klingelte sie bei ihm, um die Kinder zum Abendbrot herüberzuholen. Laura öffnete mit roten Wangen und einem Puzzleteil in der Hand. Im Hintergrund der Wohnung sah Claudia Sam auf dem Boden liegen und in sein Heft schreiben. An einem quadratischen Holztisch saß der Hausmeier über ein halbfertiges Puzzle gebeugt.

»Noch eine halbe Stunde, Mama. Wir haben gar keinen Hunger.«

Beim Abendessen erzählte Laura begeistert von der Freiheitsstatue von New York, die sie gerade puzzelten. Tausend Teile! Sie hätten schon fast die Hälfte fertig. Der Hausmeier könne unglaublich schnell puzzeln. Im Schnitt schaffe er 1,25 Teile pro Minute, ergänzte Sam und biss in sein Wurstbrot. Das habe er ausgerechnet. Die Freiheitsstatue wollten sie auf jeden Fall bis morgen Abend schaffen. Und nach New York würden sie gern als nächstes in den Urlaub fahren. »Danach fangen wir die *Painted Ladies* in San Francisco an«, Laura schmierte noch immer an ihrem Butterbrot. Der Hausmeier habe über tausend Puzzle, die er alle mindestens schon einmal gepuzzelt habe. Hauptsächlich Städte in Amerika, aber auch in Deutschland. Und viele Tiere, Papageien und Tiger, sogar ein 1500er von einem Eichhörnchen wie Rudi. Morgen würden sie dem Hausmeier helfen, eine Ladung Puzzlekästen auf den Dachboden zu tragen, wo er sie heimlich in einer Ecke stapelte.

»Er kommt die steile Treppe nicht mehr hoch«, erklärte Sam. »Und deine Haarfarbe erinnert ihn an Rudi, hat er heute gesagt. Eichhörnchenrot.« Sam nahm seinen Teller, stellte ihn in die Spülmaschine und fragte, ob er nochmal kurz rüber dürfe. Der Hausmeier habe es erlaubt. Laura folgte ihm hüpfend.

»Tee oder Kaffee?«, die Stewardess beugte sich über den schlafenden Hausmeier und lächelte Claudia freundlich zu.

»Zwei Kaffee, bitte – falls er aufwacht«, flüsterte sie.

Als sich die Stewardess entfernte, zog der Hausmeier die Augenbinde vom Kopf.

»Danke«, sagte er schlicht, nahm einen Plastikbecher und stellte ihn auf seinen Klapptisch.

Von den Kindern wusste sie, dass er zu genau festgelegten Tageszeiten eine Tasse Kaffee trank. Um acht Uhr morgens die erste, um elf die zweite und um fünfzehn Uhr die letzte. Heute hielt er diese Regel nicht ein, aber vielleicht stammte sie ohnehin aus der Vergangenheit. Gemeinsam tranken sie den ersten Schluck. Der Hausmeier schaute auf seine Armbanduhr.

»Gestern um diese Zeit habe ich mit Laura telefoniert.« Er stellte den Becher auf den Klapptisch zurück. Sein verformter Zeigefinger passte nicht durch den engen Henkel.

»Ich dachte, ich versuche es einfach mal, und dann habe ich sie tatsächlich erwischt. Ganz fröhlich war sie.«

»Sie haben Laura wirklich angerufen?«

»Ja, warum nicht.« Für einen Moment schien es, als wollte

er noch etwas hinzufügen, schwieg dann aber.

»Laura war nochmal in ihrer Wohnung, bevor der Unfall passiert ist? Das wusste ich gar nicht.« Claudia seufzte. »Ich mache mir solche Sorgen.«

Der Hausmeier drehte sich zu ihr. Sein Gesicht war ganz offen, als hätte er einen Vorhang zur Seite gezogen. Mit weit geöffneten Augen schaute er sie an und flüsterte: »Wir wissen doch beide, dass die Laura sich nicht so leicht umhauen lässt.«

Claudia nickte und sagte leise: »Danke, dass Sie sich immer noch kümmern.«

Schwerfällig drehte sich der Hausmeier wieder von ihr weg, als hätte sie einen komplizierten Rückzugsmechanismus in Gang gesetzt. Er trank einen zweiten Schluck Kaffee und trocknete mit einer Papierserviette sorgfältig seine dünnen Lippen.

»Auch für früher möchte ich mich bedanken.«

»Das ist nicht nötig.« Sein Gesicht war wieder halb geschlossen, die Augen graue Schlitze.

»Es ist schwer, dass die Kinder weg sind«, sagte der Hausmeier. »Aber inzwischen habe ich mich daran gewöhnt.« Überrascht sah Claudia ihn an.

»Mir geht es ähnlich.«

Vorsichtig legte sie ihren Unterarm auf die Lehne. Die Nähe war nicht unangenehm. Sie war einfach da, wie ein wohltuender Atemzug.

Der Hausmeier gähnte und zog sich die Augenbinde über.

»Ich schlafe noch eine Runde.«

Claudia machte es sich im Sitz bequem und platzierte ihren rechten Unterarm auf der anderen Lehne. Der junge Mann neben ihr hatte den Kopf in Richtung Fenster gedreht und schlief. Auch das sehr professionell. Kerzengerade saß er und gab keinen Laut von sich, die Arme vor der Brust verschränkt, wie körpereigene Haltegurte. Vielleicht würde sie jetzt ein wenig schlafen können.

Um 22.30 Uhr Ortszeit landeten sie auf dem Boston Logan International Airport. Sobald sie sich abschnallen durften, stellte Claudia ihr Handy an. Sam hatte eine Ferienwohnung gefunden und die Adresse geschickt: 185, Groove Street. Das Massachusetts General Hospital sei gleich um die Ecke.

Als das Taxi vor dem roten Backsteinkomplex hielt, wartete Sam schon auf dem Bürgersteig. Er winkte ihnen mit einem Schlüsselbund zu, und während Claudia bezahlte, holte er das Gepäck aus dem Kofferraum. Der Hausmeier hatte auf der Fahrt zur Ferienwohnung einen zusammengefalteten Hundertdollarschein aus seiner Bauchtasche gekramt und ihr von der Rückbank nach vorne gereicht: »Ist ja albern, wenn wir bei jeder kleinen Rechnung beide das Portemonnaie zücken.« Sam öffnete die Wagentür und half dem Hausmeier heraus. Dann umarmte er die beiden, nahm in jede Hand einen Koffer und führte sie die Treppe hinauf in den dritten Stock. Der Fahrstuhl war kaputt.

»Liz, die Vermieterin, hat mir vorhin schon die Schlüssel gegeben«, berichtete er beim Hochgehen. »Wir müssen uns einen Schlüsselbund teilen. Das sollte aber kein Problem sein. Wenn wir mal nicht zu dritt unterwegs sein sollten, können wir uns ja absprechen.«

Zu dritt. In ihren Vorstellungen war Claudia bei Szenarien wie diesen immer allein unterwegs. Überfordert und panisch musste sie eines ihrer Kinder retten, aus irgendeiner ausweglosen Situation. Niemand war da, mit dem sie sich hätte absprechen können. Und jetzt war es ganz anders. Ihr kraftvoller, kluger Sohn hatte alles geregelt. Der Hausmeier an ihrer Seite, um Lauras Willen. Gerade zog er sich schwer atmend am Handlauf des Geländers die Treppe hoch. Auf jedem Absatz musste er anhalten, um sich auszuruhen. Oben angelangt, nahm Claudia ihren Sohn noch einmal in den Arm und strich ihm mit beiden Händen über die unrasierten Wangen. »Danke, dass du gekommen bist.«

In der geräumigen, hellen Wohnung teilten sie zuerst die Zimmer auf. Widerspruchslos akzeptierte Claudia das *Mädchenzimmer,* wie Sam es nannte. Vorhin hatte ihn Liz schon ausführlich durch die Wohnung geführt. Claudia rollte ihren Koffer ins Zimmer und stellte ihn vor einen rosafarbenen Schrank. Auf dem Doppelbett lag ein Quilt aus violetten und roten Herzen. Drei Plüschkissen in unterschiedlichen Pinktönen lehnten am Bettgestell des Kopfendes. »Love« war mit weißem Garn darauf gestickt. Ein überdimensionierter, silberner Föhn lag auf dem Schminktisch direkt neben dem Bett. Die beiden anderen Zimmer waren in dezenteren Tönen eingerichtet. Die *Jungszimmer,* wie Sam meinte. Nachdem er dem Hausmeier, der vom Treppensteigen noch immer außer Atem war, den Koffer ins Zimmer gebracht hatte, besichtigten sie gemeinsam den großen Wohnbereich und die Küche. Ein kleiner, geschickt eingerichteter Raum mit einem Esstisch in der Mitte. Nach einer schnellen Durchsicht der Küchenschränke stellte Claudia zufrieden fest: »Es ist praktisch alles da, was ich zum Kochen brauche.« Lachend rührte sie mit einem rosa Schneebesen durch die Luft.

»Hast du gut ausgesucht, die Wohnung«, sagte der Hausmeier und sank auf einen Küchenstuhl.

»Bis auf die Farben in Mamas Zimmer ist sie ganz in Ordnung.« Sam holte drei Flaschen *Samuel Adams* aus dem Kühlschrank und stellte das Bier auf den Tisch.

»Die Farben stören mich nicht. Aber den gruseligen Föhn hänge ich nachts lieber ins Bad. Er sieht aus wie ein Raubfisch«, sagte Claudia und setzte sich dem Hausmeier gegenüber.

Er verzog seine schmalen Lippen zu einem Grinsen. Seine Augen waren schalkhafte Schlitze. »Vor dem Fisch kannst du deine Mutter sicher retten, Sam! Hast du deine Spezialausrüstung dabei?«

»Klar. Das komplette Tauchequipment, inklusive Unterwasserkamera, Harpune, Fangnetz. Bin gleich wieder da.«

Claudia lächelte erschöpft und gähnte.

»Ich muss ins Bett. Im Flugzeug habe ich praktisch kein Auge zugetan.«

Hausmeiers graue Augenschlitze zuckten und öffneten sich kurz, für eine Momentaufnahme, als würde er Claudias Bild in seinem Inneren ablichten, um dort in aller Ruhe zu überprüfen, ob ihre Worte mit seinem Eindruck übereinstimmten.

»Stimmt, Sie sehen müde aus und sind auch blasser als sonst. Ich kann ja im Sitzen schlafen. Bin es seit Jahren gewohnt. Liegen klappt nicht immer.«

Zu müde, um Fragen zu stellen, nickte Claudia nur. Wahrscheinlich wäre jetzt eine gute Gelegenheit gewesen, um mehr über seine Krankheit zu erfahren.

»Normalerweise rede ich nicht über mein Rheuma.« Seltsam gedehnt und andachtsvoll sprach der Hausmeier *mein Rheuma* aus, als handele es sich um ein geheimnisumwittertes Land, in das nur er, mit einer Sondergenehmigung, einreisen durfte.

»Reden macht es nicht besser.«

Sam kam in die Küche zurück und stellte drei Gläser auf den Tisch.

»Sie sollten wirklich ins Bett gehen.« Hausmeiers Augen waren schon wieder halb geschlossen.

Grinsend zupfte Sam an seinem linken Ohrläppchen und setzte sich zu den beiden an den Tisch.

»Der Fisch ist erledigt und hängt kopfüber im Bad. Darauf müssen wir anstoßen.«

Mit seinem Schweizer Taschenmesser öffnete er eine Bierflasche und schob sie über den Tisch zu Claudia. Sie schüttelte den Kopf und reichte sie dem Hausmeier weiter, der dankbar annahm und sich ein Glas einschenkte.

»Lasst uns noch kurz über morgen sprechen.« Sam prostete dem Hausmeier zu und trank einen großen Schluck aus der Flasche. Laura habe ihm die strengen Besuchsregeln im MGH schon haarklein erklärt. Jeder Besuch müsse bei der verantwortlichen Krankenschwester angemeldet werden, die von Laura heiße Mary. Vorhin habe er diese Mary angerufen und sie für morgen früh angekündigt. Gleich um neun nach der Visite dürften sie kommen.

»Besuche zu dritt sind eigentlich nur in Ausnahmefällen möglich, was bei Laura aber eindeutig der Fall ist«, fuhr Sam fort. »Wenn noch jemand aufs Zimmer kommt, sieht es allerdings wieder anders aus, hat Mary angedroht.« Er grinste und trank noch einen Schluck Bier. Er selbst sähe das völlig entspannt. Er müsse sowieso noch ein Geburtstagsgeschenk für Laura besorgen und könne deshalb nicht immer mitkommen. Außerdem habe er einen ganz guten Draht zu Mary, da ließe sich sicher was machen. »Mit den Besuchen und dem Schlüssel können wir uns ja immer absprechen und jederzeit umdisponieren.«

»Wie geht es denn Laura? Hast du was herausbekommen?«, fragte Claudia ungeduldig. Sam nickte. »Der Schlüsselbeinbruch ist kompliziert und ziemlich schmerzhaft, aber die Gehirnerschütterung ist wohl nicht so schwer, wie sie am Anfang vermutet haben, und das Bein muss wahrscheinlich gar nicht operiert werden. Morgen wissen wir mehr.« Sam nahm einen weiteren, großen Schluck aus der Flasche, die schon fast leer war.

»Hört sich alles in allem doch ganz gut an, war ja schließlich ein schwerer Unfall.« Die letzten Silben verschluckte der Hausmeier fast, als bereue er schon, was er da gesagt hatte. Er schnallte seine Bauchtasche ab und legte sie auf den Tisch. Dabei ließ er Claudia nicht aus den Augen. Tatsächlich spürte sie die Sorgen wieder in sich aufsteigen. Aber da war noch etwas Anderes. Eine gewisse Zuversicht. Immerhin waren sie zu dritt. Ein Ausnahmefall. Und wenn nötig, konnten sie sich absprechen, umdisponieren.

»Morgen Abend koche ich uns was Leckeres«, sagte Claudia und stand auf. »Jetzt muss ich schlafen.« Sie lächelte dem Hausmeier zu, der erleichtert einen Schluck Bier trank, und strich Sam kurz über die Haare.

»Gehen wir Morgen um halb neun los?« Die beiden nickten und rückten ihre Stühle näher aneinander. Sie saßen noch bis weit nach Mitternacht in der Küche und tranken Bier, während Sam dem Hausmeier ausführlich von der Südamerikaexpedition und den Fortschritten seiner Doktorarbeit berichtete. Ihr Gemurmel, das hin und wieder von Hausmeiers tiefem Lachen unterbrochen wurde, begleitete Claudia in einen unruhigen Schlaf.

Sam ging zuerst hinein. Er öffnete die breite Krankenhaustür einen Spalt, schaute hindurch und drückte sie dann mit einem »Hi, große Schwester!« weit auf. Claudia und der Hausmeier standen hinter ihm, nebeneinander, für den Bruchteil eines Augenblicks weiß eingerahmt. Sie trat zuerst aus dem Rahmen, war mit wenigen Schritten am Bett, küsste Laura auf die Stirn und nahm ihre Hand. Der Hausmeier schloss leise die Tür und stellte sich am Fußende des Bettes auf. Seine rheumatischen Hände umklammerten das Bettgestell. Mit ihrer freien Hand zog Claudia einen Stuhl heran und setzte sich. Sie strich ihrer Tochter über Wangen und

Stirn und küsste sie ein zweites Mal. Lauras Kopf und die rechte Schulter waren verbunden, das gebrochene Schienbein steckte in einer *Walker Orthese* und lag leicht erhöht.

»Schön, dass ihr alle gekommen seid«, sagte sie mit dünner Stimme.

Sam drückte Laura ein wenig zur Seite und setzte sich schräg auf die Bettkante. »Mach dich nicht so dick!« Aus einer grauen Box auf dem Nachtschrank zog er schwungvoll ein Kosmetiktuch und tupfte seiner Schwester die Stirn.

»Mein Gott, Sam! Lass doch den Unsinn!« Claudia öffnete den Reißverschluss ihres Daunenmantels. Ihr Körper fühlte sich taub an. Noch nie hatte sie die Verletzungen ihrer Kinder ertragen können. Vielleicht weil sie ihren Schmerz so intensiv miterlebte, als hätte sie sich selbst verletzt. Hilflos und ausgeliefert stand sie daneben. Eine große Unterstützung war sie bei Unfällen nie gewesen. Der Hausmeier kam an ihre Bettseite. Er hatte wieder diesen offenen Blick.

»Ich hänge Ihren Mantel auf.« Und zu Sam: »Hol deiner Mutter mal ein Glas Wasser.«

Sam sprang auf, zog seine Jacke aus, warf sie auf das freie Bett, das in eine durchsichtige Plastikhülle gewickelt war, und ging hinaus.

»Alles in Ordnung, Mama?«, fragte Laura.

»Mach dir keine Sorgen.« Claudia ließ ihre Hand los, schälte sich umständlich aus dem Mantel und drückte ihn dem Hausmeier in die Hand. Ohne die schwere Umhüllung des Wintermantels fühlte sie sich, als hätte sie ihre Kontur verloren und liefe Gefahr auseinanderzufließen. Ein leichtes Kribbeln breitete sich in ihr aus, von den Fingerspitzen aufwärts. Und dann Hausmeiers Hand auf ihrer Schulter. »Das Wasser kommt gleich!«

Ohne ihn anzusehen, legte sie ihre Hand auf seine. Claudia spürte die Verformungen der Gelenke, die warme, wellige Haut seiner Handoberfläche.

»Geht schon.« Schnell zogen beide die Hände weg. Hinter ihr erfasste der Hausmeier mit seinem Blick ihre Kontur und hielt sie fest. Als er ganz sicher war, dass sie nicht vom Stuhl kippen würde, ging er zur Garderobe und hängte die Mäntel auf.

Sam kam ins Zimmer zurück und drückte Claudia eine kleine Wasserflasche in die Hand.

»Versuch hier mal ein Glas Wasser zu organisieren. Im Aufenthaltsraum steht irgendwo in der Ecke ein Getränkeautomat.« Er ging zum Hausmeier, der sich wieder am Fußende des Bettes postiert hatte.

»Ich freu mich so, dass ihr alle drei da seid!«, sagte Laura noch einmal. Ihre Stimme klang etwas kräftiger.

»Wir uns auch!« Sam wackelte an ihrem großen Zeh, der aus dem Walker herausschaute. Der rote Nagellack war fast abgeblättert. »Wie schwer ist dieser Skistiefel eigentlich?« Prüfend hob Sam den Walker an. Der Hausmeier schüttelte schweigend den Kopf, und Sam legte ihn schnell wieder ab.

Gutmütig nickte der Hausmeier ihrem gebrochenen Bein zu. »Dein großer Onkel braucht dringend frische Farbe.«

»Ich weiß. Aber ich komme gerade nicht dran.« Laura lächelte müde.

»Das Anstreichen können wir übernehmen. Hast du Nagellack zu Hause?«, fragte Sam.

»Klar habe ich Nagellack.«

»Nagellackentferner?«

»Alles, was dazu gehört.«

»Dann fahren wir nachher in deine Wohnung und holen das Zeug. Jetzt besorge ich erstmal einen zweiten Stuhl.« Sam schlug dem Hausmeier freundschaftlich auf die Schulter, ging hinaus und war gleich wieder da.

»Den dürfen wir ausleihen.« Er stellte einen Stuhl neben Claudia. Dankbar nickte der Hausmeier ihm zu und setzte sich.

»Ich soll dir von Mary sagen, dass sie dich in einer Viertelstunde für die Untersuchungen abholt.« Sam quetschte sich wieder auf die Bettkante.

»In fünfzehn Minuten schon!«, rief Laura enttäuscht. »Ihr seid ja gerade erst gekommen!«

»Wir haben noch genug Zeit zusammen.« Claudia nahm wieder ihre Hand.

»Jetzt erzähl erstmal, wie das alles passiert ist.«

Und dann berichtete Laura von dem Sprinter, der an der Ampel neben ihr gestanden und sie beim Abbiegen beinah komplett überrollt habe. »Ich hatte noch so ein komisches Gefühl im Magen, als ich aus dem Wageninneren die aufgeregte Unterhaltung zwischen Fahrer und Beifahrer hörte«, erzählte sie. »Richtig angeschrien haben die sich! Ich bin dann aber losgefahren, weil der Sprinter nicht geblinkt hat, und dachte, dass er geradeaus weiterfahren würde. Ab da weiß ich nicht mehr genau, was passiert ist. Ich erinnere mich nur an die Angst, als der Wagen immer näher kam und ich nicht ausweichen konnte. Und dann bin ich gefallen und durch die Luft geflogen. Nach dem Aufprall spürte ich diesen starken Schmerz in der rechten Körperhälfte und bin dann wohl bewusstlos geworden. Erst im Krankenhaus bin ich wieder aufgewacht. Die Gehirnerschütterung ist aber zum Glück nicht so stark, wie sie anfangs vermutet haben. Der Helm hat mir das Leben gerettet. Ohne ihn wäre mein Kopf auf dem Asphalt zerplatzt wie eine Wassermelone.« Triumphierend schaute sie zu Sam, der sich seit seinem dreizehnten Lebensjahr erfolgreich weigerte, einen Helm zu tragen. Nachdem Claudia damals resigniert aufgegeben hatte, konnte Laura es nicht lassen und startete jeden Morgen aufs Neue die immer gleiche Diskussion, während sie selbst demonstrativ ihren Fahrradhelm aufsetzte.

Claudia trank einen Schluck Wasser. In ihrem Rücken spürte sie den Hausmeier. Aufrecht und fest saß er da, trotz seiner brüchigen Gelenke.

»Kopfschmerzen habe ich fast keine mehr«, erzählte Laura weiter.

»Die ganze rechte Seite tut blöderweise noch sehr weh, am meisten die Schulter. Die Knochen am Schienbein stehen aber so gut, dass wahrscheinlich nicht operiert werden muss. Heuten machen sie ein MRT, um hundertprozentig sicher zu sein. Deshalb holt Mary mich gleich ab.« Die ärztliche Versorgung im MGH sei ziemlich professionell, fuhr Laura fort, und Mary würde sich sehr lieb um sie kümmern. Von den

Schmerztabletten sei ihr am Anfang schlecht geworden, jetzt hätte Mary aber welche gefunden, die sie besser vertrug.

»Die letzte Nacht habe ich zum ersten Mal seit dem Unfall durchgeschlafen«, sagte Laura und lächelte.

»Und was ist mit dem Fahrer?«, fragte der Hausmeier.

»Es wird eine Gerichtsverhandlung geben. Leider. Aber der Idiot ist einfach abgehauen. Zum Glück hat sich David das Nummernschild gemerkt. So konnte die Polizei ihn schnell finden.«

»Ich verstehe«, der Hausmeier räusperte sich.

»Wer ist David?« Sam wickelte eine von Lauras blonden Haarsträhnen um seinen Zeigefinger.

»Ich wusste, dass du das fragst«, sagte sie schnippisch. »Das ist mein Freund. Vielleicht lernt ihr ihn ja noch kennen.«

Sam nickte zufrieden.

»Hobbys?«

In diesem Moment ging die Tür auf, und Mary stand im Rahmen, beide Arme in die breiten Hüften gestemmt. Sie war klein und quadratisch, mit praktischem Kurzhaarschnitt.

»How lovely! The whole family is there.« Mit energischen Schritten kam sie ins Zimmer und gab Claudia, dem Hausmeier und Sam die Hand. Ihre Ohrläppchen standen im rechten Winkel von ihren kleinen, fleischigen Ohrmuscheln ab, wie Claudia erstaunt feststellte. Mary sagte, dass sie sehr zufrieden mit Laura seien, dass aber heute einige Untersuchungen anstünden, zu denen sie ihre Honey gleich entführen müsse. Übrigens bräuchte Honey unbedingt ein paar

Sachen von zu Hause, am besten heute noch. Gegen 16 Uhr könnten sie noch einmal wiederkommen, dann müssten die Untersuchungen durch sein. Sie selbst käme gleich wieder, um Laura abzuholen. Mary nickte allen zu, ging aus dem Zimmer und ließ die Tür offen.

»Ich habe schon alles vorbereitet.« Laura schob ihren Bruder sanft von der Bettkante, öffnete mit der linken Hand die Nachttischschublade und holte ihren Wohnungsschlüssel und einen blauen Post-it-Block mit dem Logo des Krankenhauses heraus.

»Hier steht drauf, was ich brauche. Das meiste liegt im Kleiderschrank, ein paar Sachen sind auch im Bad. Zum Beispiel der Nagellack.« Sie gab ihrer Mutter den Block, und Claudia löste den oberen Zettel, steckte ihn ein und legte die übrigen Post-its in den Nachtschrank zurück.

»Ich hoffe, ihr könnt alles lesen. Ich musste ja mit links schreiben. Die Adresse habt ihr?«

Sam nickte und holte sein Smartphone aus der Jackentasche. »Ist nicht weit. Ungefähr zehn Minuten zu Fuß.«

Lauras Wohnung lag im ersten Stock über dem Geschenkladen *Whitney + Winston* in der Revere Street Ecke Charles Street. Ein altes Backsteinhaus, das schon bessere Zeiten gesehen hatte. Als Sam die Wohnungstür öffnete, fiel der Blick sofort auf das, was von Lauras Fahrrad übriggeblieben war. Es musste David gewesen sein, der die verbogenen Fahrradteile mitten im Zimmer abgestellt hatte. Wie eine traurige Trophäe baumelte der zerbeulte Helm an der rechten Pedale. Erschrocken blieb Claudia im Türrahmen stehen und bemerkte kaum, wie sich der Hausmeier an ihr vorbeischob und direkt auf den Ohrensessel zusteuerte, der vor einem großen Fenster in der Ecke des Zimmers stand. Erschöpft ließ er sich hineinfallen.

Die Einzimmerwohnung war klein und trotz der altmodischen Einrichtung recht gemütlich. Laura hatte sie möbliert gemietet. Rechts neben der Tür stand ein mächtiges Boxspringbett mit blau-weißer Bettwäsche und zahllosen Kissen. Der Schrank daneben war aus hellem Fichtenholz. Mitten im Zimmer, gegenüber einer engen Kochnische, stand ein Tisch mit zwei filigranen Freischwingern. Die hat sicher Laura gekauft, dachte Claudia. Wahrscheinlich war sie ohnehin für jeden modernen Gegenstand in dieser Wohnung verantwortlich. Auf dem Tisch die schmale Designervase, darin eine verwelkte rote Rose, neben dem Ohrensessel die chromfarbene Leselampe mit einem runden Betonfuß.

Der Hausmeier hatte es sich in dem Sessel bequem gemacht, seine Unterarme lagen entspannt auf den breiten Lehnen. Das Schmuckdöschen war verschwunden. Der Laptop allerdings stand noch immer auf dem niedrigen Glastisch direkt vor dem Sessel. Es kam ihr vor wie ein Film, in dem sie dieses Möbelarrangement aus geblümtem Ohrensessel und Leselampe schon einmal gesehen hatte, mit einer Schauspielerin, die Laura ungewöhnlich ähnlich sah, und einem dunkelblauen Schmuckdöschen als Hauptrequisit. Seltsam erschien ihr auch dieser Bildausschnitt mit dem schmächtigen Hausmeier, der in dem ausladenden Sessel fast versank.

Aber wo war der Ring? Hatte Claudia ihn überhaupt auf diese sinnlose Reise über den Atlantik geschickt? Zögernd betrat sie die ausgekühlte Wohnung und schloss die Tür. Dann nahm sie Lauras Zettel aus der Handtasche und ging zum Schrank. Sam hockte neben dem Fahrrad.

»Da ist nichts mehr zu machen. Totalschaden. Der Rahmen ist gebrochen.«

Vom Sessel aus nickte der Hausmeier nur, dann schaute er sich im Zimmer um und rümpfte die Nase.

»Hier riecht es irgendwie komisch.« Er wuchtete sich nach oben, zog seinen Wintermantel aus, hängte ihn über die Lehne und beugte sich über die Wandsteckdose neben dem Sessel. Mit einem Ruck zog er das Laptopkabel heraus, ging langsam in die Knie und untersuchte die Steckdose.

»Hab ich es mir doch gedacht. Sam, komm her. Schau dir das mal an.«

Auch Sam zog seine Jacke aus, legte sie neben das Fahrrad auf den Teppichboden und ging zu ihm.

»Sieht schlimm aus.« Er nahm dem Hausmeier das Kabel aus der Hand. »Und der Stecker ist auch schon angeschmort.«

»Das hätte um ein Haar einen Kabelbrand gegeben«, sagte der Hausmeier in Richtung Claudia, die Lauras Sachen auf dem Bett zurechtlegte.

»Sind Sie sicher?«, fragte sie, ohne aufzublicken.

»Absolut sicher. Das ganze Haus hätte abbrennen können. Die Steckdose ist im Eimer. Lässt sich aber schnell reparieren.«

Sam stand auf, holte sein Smartphone aus der Jackentasche und setzte sich auf einen der Freischwinger.

»Wie ich Laura kenne, hat sie überhaupt kein Werkzeug da. Wir müssen einen Baumarkt finden oder so was Ähnliches, wo wir Ersatzteile und zumindest einen Schraubenzieher kaufen können.«

»Ich bin hier gleich fertig.« Claudia nahm eine Sporttasche aus dem Schrank und legte Lauras Sachen hinein.

»Ganz in der Nähe ist ein Supermarkt. Da könnten wir das Nötigste bekommen.« Sam grinste. »Und ein paar Straßen weiter ist ein Fahrradgeschäft. Was haltet ihr davon, wenn wir Laura ein neues Rad schenken? Und einen neuen Helm?«

»Gute Idee.« Der Hausmeier setzte sich wieder. »Es war ein robustes Fahrrad. Aber da ist nichts mehr zu machen.«

Als Claudia die Schranktür schließen wollte, sah sie auf dem dünnen Schrankboden, halbverborgen unter einem Schuhkarton, das Päckchen, in dem sie den Ring nach Boston geschickt hatte. Sie bückte sich und zog es unter dem Schuhkarton hervor. Ganz leicht war es und leer.

»Mama, was ist mit dir? Beteiligst du dich auch?«

»Ja, sicher.« Schnell stellte sie das Päckchen wieder an seinen Platz und stand auf.

»Das ist ja ein Geschenk, das sie wirklich gebrauchen kann.« Mit einem kritischen Blick auf das kaputte Rad verschwand sie in dem winzigen Bad, um die letzten Sachen zu holen. Auch hier keine Spur von dem Schmuckdöschen. Zurück im Wohnzimmer, verstaute sie alles in der Sporttasche und setzte sich zu Sam an den Tisch.

Sie überlegten, dass es am besten sei, sich jetzt aufzuteilen. Claudia würde mit dem Taxi in die Ferienwohnung fahren, um die Tasche abzustellen und dann für das Abendessen einzukaufen. Sam und der Hausmeier würden die Ersatzteile und Werkzeug besorgen und im Anschluss noch einen Blick in das Fahrradgeschäft werfen, schlug Sam vor. Vielleicht hätten sie ja Glück und es gäbe ein gutes Angebot.

»Es könnte allerdings schwer werden, in der kurzen Zeit ein gutes Rad zu finden«, warf der Hausmeier vom Sessel aus ein.

»Wann fliegt ihr zurück?«, fragte Sam.

»Sonntagvormittag um halb elf. Ich muss Montag wieder im Büro sein.«

»Ich fliege auch Sonntag, aber schon um viertel nach acht, oder so. Dann haben wir noch zwei Tage Zeit, einschließlich heute Nachmittag. Lasst uns gehen!« Sam sprang auf, nahm seine Jacke und zog sie an.

»Nicht so schnell, Sam. Was soll ich kochen? Eine Lasagne?«

»Ja, lecker. Aber mach dir nicht so viel Arbeit, Mama.« Er schaute fragend zum Hausmeier, der mit einem Schulterzucken andeutete, dass ihm alles recht sei.

»Gut, dann treffen wir uns um vier Uhr vor dem Krankenhaus. Sam, kannst du mir ein Taxi rufen?«

»Ich mach noch schnell ein Foto von der Steckdose, damit wir im Geschäft zeigen können, was wir brauchen.«

Claudia stand am Herd und rührte in der Tomatensoße. Es fehlten nur noch etwas Salz und ein Esslöffel von den italienischen Kräutern, die irgendein Vormieter im Küchenschrank hatte stehenlassen. Am Tisch saß der Hausmeier und blätterte in einem Reiseführer über Boston. Immer wieder schaute er hoch und beobachtete sie. Aus dem Wohnzimmer waren Sams schnelle, präzise Antworten auf Fragen zu hören, die ihm jemand am anderen Ende der Leitung stellte, wahrscheinlich sein Professor. Der Ton war freundschaftlich, mehrere Male lachte Sam laut auf.

Die Taschenübergabe im Krankenhaus hatte etwas länger gedauert. Lauras Untersuchungen waren gerade erst beendet, als sie zu dritt das Zimmer betraten. Sie sah sehr müde aus, zerbrechlich und blass. Der Hausmeier steuerte gleich auf die beiden Stühle zu, die nebeneinander in der Ecke des Zimmers standen. Mary und eine ihrer Kolleginnen hatten Platz gebraucht, um den Rucksackverband am Schlüsselbein nachzuziehen.

»Das Nachspannen war schlimm«, sagte Laura mit Tränen in den Augen. »Es hat total wehgetan.« Sie fasste sich an ihre verletzte Schulter. Der Hausmeier saß erschöpft auf seinem Stuhl und hörte aufmerksam zu. Bedrückt rieb er sich die geschwollenen Finger seiner rechten Hand. Als Laura sagte, dass Mary ihr gleich Schmerztabletten vorbeibringen würde, ging die Tür auf, und die Krankenschwester kam ins Zimmer. Auch Mary wirkte müde, das dickliche Gesicht glänzte. In knappen Worten erklärte sie ihnen, dass das Bein tatsächlich nicht operiert werden müsse. Die heutigen Untersuchungsergebnisse seien eindeutig. Sie zwinkerte Laura aufmunternd zu und stellte die Schmerztabletten auf den Nachtschrank. »Sleep well, honey.« Im Hinausgehen blieb sie noch einmal stehen und fragte, ob morgen wieder die ganze Familie zu Besuch käme. Claudia blickte kurz zu Sam und sagte dann, dass sie erst am Nachmittag zu dritt kommen würden, vormittags würde nur sie allein da sein, wenn das in Ordnung sei. Zwischen neun und zehn Uhr, antwortete Mary kurz und verließ mit einem »See you guys tomorrow« das Zimmer.

Während Claudia die Tasche auspackte, setzte sich Sam wieder auf die Bettkante und erzählte ausführlich, wie der Hausmeier die kaputte Steckdose aufgespürt hatte.

»Du hättest ihn mal sehen sollen, der ist besser als ein Polizeihund.« Auf seinem Stuhl in der Zimmerecke kräuselte der Hausmeier die Nase und schnupperte in die Luft: »Hier bist du auf jeden Fall in Sicherheit!«

»Morgen früh reparieren wir dir erstmal die Steckdose, deshalb kommt Mama allein vorbei.«

»Danke euch«, sagte Laura schlicht. »Ich hab gar nicht bemerkt, dass da was kaputt ist.«

Vorsichtig drehte sie sich zum Nachtschrank und holte den Post-it-Block aus der Schublade.

»Wenn ihr morgen sowieso nochmal in meiner Wohnung seid, kannst du mir dann eine Sache mitbringen?«

Sam nickte. »Was denn?«

Umständlich riss Laura einen Zettel vom Block ab und klebte ihn auf Sams Oberschenkel.

»Ich hab's aufgeschrieben. Aber ruf mich besser nochmal an«, sagte sie leise.

Sam beugte sich über sein Bein, las kurz, was auf dem Zettel stand, und zog fragend die Augenbrauen nach oben.

»Lass uns telefonieren«, wiederholte sie.

»Kann ich irgendwas helfen?« Der Hausmeier schaute von seinem Reiseführer hoch.

»Geht schon. Bin gleich fertig.« Sorgfältig schichtete Claudia die Lasagneblätter in die Auflaufform. Nacheinander goss sie Tomaten- und Käsesoße darüber, dann legte sie wieder eine Schicht Nudeln hinein. Obendrauf streute sie den frisch geriebenen Parmesankäse. Konzentriert beobachtete der Hausmeier jede ihrer Bewegungen. Dann klappte er den Reiseführer zu und sagte: »Sam hat recht. Wenn Sie kochen, sieht es so aus, als zähmten sie ein Eichhörnchen. Ganz behutsam, und jeder Handgriff sitzt.«

Mit einem etwas zu lauten Lachen beugte Claudia sich noch tiefer über die Auflaufform.

»Meinen Sie?« Vorsichtig glättete sie mit einer Gabel den Käseberg, der in der linken Ecke der Form entstanden war.

»Viel zu zähmen gab es hier allerdings nicht. Fünfhundert Gramm Schwein und Rind hat mir schon jemand anders durch den Fleischwolf gedreht.« Claudia richtete sich auf und lachte den Hausmeier an. Er zog erstaunt die Augenbrauen nach oben und lehnte sich auf dem Stuhl zurück. Dann lachte er auch, die Arme vor der Brust verschränkt.

»Stimmt, sieht eigentlich harmlos aus, was Sie da übereinanderschichten.«

»Lasagne á la Mama«, sagte Claudia zufrieden und schob die Auflaufform in den Backofen.

»In einer halben Stunde können wir essen. Ich mache noch schnell einen Salat.«

Vielleicht war es der Jetlag, der am späteren Abend ein bedrohliches Gefühl von Schutzlosigkeit in ihr aufsteigen ließ. Und vielleicht entstand aus purem Schlafmangel dieses starke Bedürfnis nach Trost. Jedenfalls erzählte Claudia gegen Ende des Abendessens von dem missglückten Kaffeetrinken an Lauras Geburtstag. Obwohl sie sich noch vor zwei Tagen fest vorgenommen hatte, über diesen Vorfall zu schweigen. Zumindest Sam und dem Hausmeier gegenüber. Die beiden Männer hörten aufmerksam zu. Der Hausmeier aß nur ein wenig, während Sam ein Stück nach dem anderen in sich hineinstopfte. Als Claudia mit ihrem Bericht bei der Geschenkübergabe angelangt war, zögerte sie kurz. Nein, jetzt sollten sie alles wissen, die ganze Misere von der Zurückweisung des Ringes bis zum Vorlesen ihres Textes und den katastrophalen Folgen. Der Hausmeier schwieg zu all dem und sein ernster Gesichtsausdruck verriet in keiner Weise, was er von der Sache hielt. Sam allerdings stellte zig Fragen. Wie kamst du denn darauf, Laura deinen Ring zu schenken? Warum hast du den Gästen überhaupt diesen Text vorgelesen? Was hat Papa eigentlich dazu gesagt? Und dann Sams Kommentar, der sie so sehr erschütterte, dass ihr schlagartig der Hunger verging.

»Franziska hatte eine Fehlgeburt und konnte danach keine Kinder mehr bekommen. Das erzählte sie mal bei einem Abendessen. Vielleicht hat sie deshalb so reagiert.«

Selbstverständlich, das war sicher der Grund gewesen, warum Franziska so geweint hatte. Sie hatte ja völlig die Kontrolle über sich verloren. Aus ihrem Gesicht sprach eher Verzweiflung als Ergriffenheit, wie sie ihr noch vor ein paar Tagen am Telefon weismachen wollte. Wie konnte sie selbst nur so unsensibel sein und voraussetzen, dass alle Frauen ihren Text positiv aufnehmen würden. Als eine Hymne auf die natürliche Geburt. Wie konnte sie außer Acht lassen, dass das nicht für jede Frau ein unbefangenes Thema war. Im Gegenteil, die meisten Frauen schienen ihre eigene, schmerzvolle und komplizierte Geschichte mit sich herumzutragen, wenn es um das Gebären von Kindern ging. Sie hatte sich auf ein Minenfeld vorgewagt.

»Das mit Franziska konntest du ja nicht wissen«, versuchte Sam sie zu beruhigen. »Und Simone ist doch bekannt dafür, dass sie schnell etwas in den falschen Hals bekommt. Den Text würde ich gern mal lesen. Nach dem ganzen Drama!« Sam zupfte sich grinsend am Ohrläppchen.

Die Sache mit dem Ring fände er allerdings auch schwierig, und irgendwie könne er Laura verstehen, dass sie ein Problem damit hatte, ihn anzunehmen. Er gehöre eben zu Claudia. Dieser fette Goldklunker, über den sie immer hin- und herwischte, wenn es brenzlig wurde.

Claudia seufzte. »Morgen Vormittag rede ich in Ruhe mit Laura.« Sie schaute zum Hausmeier, der weiterhin schwieg, und fügte leise hinzu: »Es tut mir leid, dass ich Sie zu diesem Kaffeetrinken nicht eingeladen habe.« Er zuckte nur mit den Schultern, als ob ihn das alles nichts anginge.

Pünktlich um neun Uhr öffnete Claudia die Tür zu Lauras Zimmer. Es ging ihr besser, das erkannte sie sofort. Laura war wacher, gegenwärtiger, als hätte sie erst jetzt richtig begriffen, was passiert war. Halb aufgerichtet lag sie im Bett, der Kopfverband war verschwunden. Claudia küsste sie auf die Stirn, holte einen Stuhl aus der Zimmerecke und setzte sich neben sie.

»Die Männer sind in deiner Wohnung und reparieren die Steckdose. Sie kommen heute Nachmittag wieder mit.«

»Weiß ich doch. Haben wir ja gestern besprochen.«

»Wie fühlst du dich?«

»Ganz okay.«

Claudia strich ihr zärtlich über die Haare und nahm ihre Hand.

»Ich muss dir was beichten, Mama«, Laura drehte sich zu ihr, so weit, wie der Rucksackverband es zuließ. »An meinem Geburtstag war ich mittags nochmal zu Hause.«

»Ich weiß, da hast du mit dem Hausmeier telefoniert.«

»Ja, aber das war erst später, kurz bevor ich wieder los bin. Gleich als ich in die Wohnung kam, merkte ich, dass der Laptop noch an war. In der Hektik am Morgen hatte ich blöderweise vergessen, ihn auszuschalten. Auf jeden Fall hat die Konferenz-Software alles aufgezeichnet. Das ganze transatlantische Kaffeekränzchen.«

Unsicher schaute sie Claudia an.

»Eigentlich wollte ich sofort alles löschen. Aber dann hörte ich dich sprechen, und deine Stimme klang ganz anders als sonst, irgendwie selbstbewusster. Ich wollte unbedingt wissen, was du da vorliest. Die anderen schienen dir ja zuzuhören. Obwohl, ganz am Anfang hat Papa dich unterbrochen. Aber das war dir egal, du hast einfach weitergelesen. Und dann habe ich mir alles angehört, bis zum Schluss, bis die vier gegangen sind. Bist du jetzt sauer?«

Claudia schüttelte den Kopf.

»Ist schon blöd, dass die so reagiert haben.« Laura stockte. »Aber dieser Text passte da echt nicht hin.«

»Ja«, sagte Claudia, »das habe ich inzwischen auch begriffen.«

»Und, ganz ehrlich, Mama, so ein Text als Geschenk zum dreißigsten Geburtstag? Zum Glück hatte ich ja meine Sitzung!«

Laura zog ihre Hand zurück und legte sie auf die Bettdecke.

»Das mit dem Ring tut mir leid. Aber ich könnte ihn niemals tragen. Er gehört einfach dir.«

»So was Ähnliches sagte Sam gestern auch.«

Eine Weile schwiegen beide. Claudia starrte aus dem Fenster. Über den stahlblauen Himmel wanderte eine einsame, dicke Wolke. Ohne sie aus den Augen zu lassen, sagte sie: »Ich glaube, ich wollte dir etwas ganz Besonderes schenken. Ein Geschenk, das dich an mich erinnert. Vielleicht, weil du so weit weg bist.«

Sie riss ihren Blick von der Wolke los, die tatsächlich aussah wie der Rumpf eines mächtigen Schafes, nahm ihre Handtasche von der Stuhllehne und zog die Papierrolle mit der roten Geschenkbandschleife heraus. Das Papier war zerdrückt und löste sich schon von den Bambusstäben. Claudia legte die lädierte Rolle auf die Bettdecke.

»Vorsichtshalber habe ich den Text eingesteckt. Irgendwie ahnte ich wahrscheinlich, dass wir nochmal über ihn sprechen.«

Laura musterte die Rolle, die fast von der Decke herunterrutschte, und hielt ihre Hand darüber.

»Vielleicht möchtest du ihn ja mal in Ruhe lesen?«

»Das ist wie mit dem Ring, Mama. Dieser Text gehört zu dir. Es ist deine Geschichte, nicht meine!«

»Ein bisschen ist es auch unsere Geschichte. Durch dich bin ich schließlich Mutter geworden.«

»Mama!« Laura verdrehte die Augen. »Es ist purer Zufall, dass ich dein erstes Kind bin! Es hätte genauso gut Sam sein können.«

»Findest du den Text denn auch …«, Claudia stockte, »… *übergriffig*?«

»Nicht der Text ist übergriffig, aber dass du ihn den anderen aufgezwängt hast. Was sagt denn Simone dazu? Hast du schon mit ihr gesprochen?«

»Nein, ich war ja praktisch gerade mit Aufräumen fertig, als der Anruf aus dem Krankenhaus kam. Und dann ging alles drunter und drüber.« Claudia schaute wieder aus dem Fenster und sagte leise: »Eigentlich weiß ich gar nicht genau, warum ich den Text vorgelesen habe. Vielleicht hatte es mit diesen Selbstzweifeln zu tun. Ob meine Worte wichtig sind. So wichtig, dass andere Menschen mir zuhören, richtig zuhören, weil ich etwas zu erzählen habe.«

Claudia legte ihre Hand auf Lauras und drückte sie so fest, dass die Papierrolle knisterte.

»Ich glaube, viele Frauen haben diese Zweifel, wenn es um ihre eigenen Worte geht. Und deshalb hören wir uns oft selbst nicht richtig zu oder nur mit den kritischen, ungeduldigen Ohren der Männer. Anstatt uns zuzutrauen, dass wir auch was Wichtiges beitragen können, schweigen wir lieber. An deinem Geburtstag habe ich mir einfach Gehör verschafft. Sie konnten ja praktisch nicht weglaufen.«

Claudia ließ Lauras Hand los, faltete ihre Hände und legte sie in den Schoß.

»Aber nach all den Jahren fiel die ganze Zurückhaltung von mir ab, und dann bin ich gleich übers Ziel hinausgeschossen.«

Sie seufzte. »Vielleicht maile ich Simone heute Abend noch, oder, nein, ich rufe sie besser an, wenn ich zurück bin.«

»Mach das. Mit Simone lässt sich ja über alles reden. Dauert aber immer ein bisschen«, sagte Laura und lächelte. »Bei uns in der Kanzlei übrigens, wird auch den Frauen zugehört. Mein Boss ist eine Frau. Die ist echt taff!«

Sie rutschte vorsichtig ein paar Zentimeter im Bett nach vorne.

»Kannst du das bitte mal halten?«

Claudia nahm ihr die Papierrolle aus der Hand. »Brauchst du Hilfe?«

»Geht schon. Ich lag gerade so komisch, da tat die Schulter wieder weh.«

Laura drückte ihren Kopf in die Kissen und blickte zur Zimmerdecke.

»Irgendwie kann ich Simones Frage aber verstehen, was eine Geburt mit Kunst zu tun haben soll.«

Claudia umfasste mit beiden Händen die Papierrolle, die in ihrem Schoß lag, rutschte auf dem Stuhl nach vorne und richtete sich auf.

»Das kann ich nicht mit einem Satz beantworten. Da muss ich ein bisschen ausholen.«

»Okay«, Laura nickte.

»Ich finde, ein Kind auf die Welt zu bringen, ist die schöpferische Leistung schlechthin. Eine Geburt kann ein sehr kreativer Akt sein, wenn diesem vordergründig rein biologischen Prozess eine Prise Bewusstsein und Spiritualität hinzugegeben wird. Verstehst du, was ich meine?«

»Nicht so richtig.«

Claudia saß noch immer sehr aufrecht und stellte beide Füße fest auf den Krankenhausboden.

»Eigentlich geht es um vertane Chancen. Eine Geburt ist die beste Gelegenheit, sich mit seinen inneren Kräften zu verbinden, diese unglaubliche Schöpfungskraft zu spüren, die ja auch beim Erschaffen von Kunstwerken im Spiel ist.«

»Sorry, Mama, aber wenn ich an Geburten denke, dann sehe ich erst mal schreiende Frauen, Blaulicht, Blut und weiße Kittel.«

Claudia seufzte und sackte ein wenig zusammen.

»Ja, so ist das. Heute ist die Geburt eines Kindes hauptsächlich ein medizinisches Problem, das gelöst werden muss. Und den schwangeren Frauen jagen sie erst einmal richtig Angst ein. Das gefällt mir überhaupt nicht.«

Sie schüttelte den Kopf, und eine rote Haarsträhne fiel ihr in die Stirn.

»Aber eine Geburt ist eben auch etwas sehr Spirituelles, Kreatives, darauf wollte ich den Fokus richten.« Sie lachte.

»Als ich mit dir in den Wehen lag, habe ich keine Sekunde daran gedacht, dass ich hier gerade furchtbar kreativ bin und ein Kunstwerk erschaffe. Obwohl das Ergebnis dem sehr nahe kommt.« Zärtlich strich sie Laura über die Wange.

»Möchtest du die Rolle behalten?«

Laura dachte kurz nach, dann nahm sie ihrer Mutter die zerknitterte Papierrolle aus der Hand, drehte sich vorsichtig zum Nachtschrank, zog die Schublade auf und lies sie hineingleiten.

»Aber den Ring, den gebe ich dir wieder mit nach Hause.«

Frierend, mit kalten Füßen, wartete Claudia vor der Ferienwohnung auf Sam und den Hausmeier. Um halb elf hatten sie sich hier verabredet. Der Himmel war noch immer klar, vom Atlantik wehte ein eiskalter Wind. Endlich kamen die beiden die Groove Street herauf. Der Hausmeier humpelte stark. Unter dem langen Wintermantel erinnerte seine schwankende, schmächtige Erscheinung an einen Kriegsinvaliden.

»Alles okay?«, fragte Sam, als sie vor ihr standen.

Claudia nickte und nahm ihn zur Begrüßung kurz in den Arm. Dann fragte sie den Hausmeier, ob mit ihm alles in Ordnung sei und seit wann er so stark humpeln würde.

Er wich ihrem Blick aus. Seine Hände steckten in den Manteltaschen, die Schultern waren nach oben gezogen.

»Ist nur die Hüfte. Hab sie mir heute Nacht irgendwie verzogen«, sagte er mit fester Stimme.

Sam durchsuchte seine Hosentaschen nach dem Wohnungsschlüssel.

»Lasst uns hochgehen. Es ist kalt.« Er setzte den Rucksack ab, ging in die Knie und tastete die Seitentaschen ab.

»Hier ist er auch nicht. Dann hab ich ihn wahrscheinlich in Lauras Wohnung liegen lassen.« Er hängte sich den Rucksack wieder über die Schulter. »Ich muss nochmal zurück. Dahinten ist ein Starbucks-Café, wartet da auf mich«, rief er und lief die Groove Street herunter.

»Sam hat es nicht so mit Schlüsseln«, stellte der Hausmeier fest, als er sich in einen der tiefen, schwarzen Ledersessel sinken ließ. Das Café war an diesem Vormittag noch leer.

»Wie geht es Laura?«

»Besser, immer besser«, erwiderte Claudia, die ihm gegenüber Platz genommen hatte. »Der Kopfverband ist ab, und sitzen kann sie praktisch auch schon wieder.« Auf dem niedrigen Glastisch zwischen ihnen standen zwei dampfende Kaffeebecher. Ein schlichter weißer Kaffeepott und ein Starbucks-Boston-Becher, den der Hausmeier als Souvenir mit nach Hause nehmen wollte. Beide hatten einen Caffè Americano bestellt.

»Hat mit der Steckdose alles geklappt?«

»War komplizierter als gedacht, aber zum Schluss haben wir es geschafft.« Umständlich schnallte er seine Bauchtasche weiter.

Eine Weile hingen beide ihren Gedanken nach.

»Sie haben es gut gemacht mit den Kindern«, sagte der Hausmeier unvermittelt und schaute ihr in die Augen.

»Sehr gut sogar.« Hinter ihm schien eine kräftige Frühlingssonne durch die große Glasscheibe des Cafés.

»Meinen Sie?«, Claudia verschränkte ihre Arme vor der Brust und sank tiefer in den Sessel.

»Die beiden sind in Ordnung. Und sogar erfolgreich! Das haben sie alles Ihnen zu verdanken.«

Der Hausmeier redete weiter, emsig, wie jemand, der schon lange etwas loswerden wollte: »Ich konnte ja sehen, wie Sie sich abgehetzt haben, jeden Tag, um das alles zu schaffen. Ihr Chef, der hat Ihnen keine Stunde geschenkt! Blind bin ich nicht!« Mit seinem krummen Zeigefinger tippte er zwei Mal unter sein Auge. Eine seltsame Geste, die Claudia vorher nie aufgefallen war.

»Und dann auch noch schreiben! Aber da haben Ihre Augen gefunkelt, gestern Abend«

»Was war gestern Abend?«

»Na, als Sie von diesem Text erzählten, den Sie selber geschrieben haben. Da funkelten Ihre Augen.«

Claudia atmete tief ein. Sie rutschte im Sessel nach vorne und schlug ihre Beine übereinander.

»Normalerweise spreche ich nicht über mein Schreiben, mit niemandem.« Sie schaute in seine grauen, traurigen Augen. »Vielleicht aus einem ähnlichen Grund, warum Sie nicht über Ihr Rheuma reden. Es gehört irgendwie zu einem, ich könnte aber auch gut ohne leben. Wahrscheinlich sogar besser.«

»Sicher«, sagte der Hausmeier und strich über das geschwollene Gelenk an seinem Zeigefinger. Es war nicht herauszuhören, ob er es als Frage oder Bestätigung meinte.

»Wenn ich nicht krank geworden wäre, säße ich jetzt nicht in Boston, sondern immer noch in der Fahrerkabine meiner Straßenbahn.«

Claudia schwieg und beobachtete die jungen Leute, die vor dem Tresen anstanden. Von der Eingangstür zog ein unangenehmer Luftzug ins Café. Jemand hatte vergessen, die Tür zu schließen.

»Das Rheuma hat mein Leben verändert. Von einem Tag zum anderen war alles anders.«

Er lehnte sich im Sessel nach vorne und trank einen Schluck Kaffee.

»Und wer weiß, was in Ihrem Leben noch alles passiert, wenn erst einmal andere Leute ihre Texte lesen.«

»Sie kennen das Geschäft nicht!«, fuhr sie ihn an. »Diese Literaturbranche ist sehr kompliziert. Ich bräuchte Kontakte! Außerdem ist es wichtig, sich die Leute ganz genau auszusuchen, die meine Texte lesen sollen. Und selbst dann ist nicht klar, wie sie reagieren werden.«

Plötzlich war das Bild von Franziskas verweinten Augen wieder da.

Der Hausmeier lächelte und lehnte sich zurück.

»Jetzt funkeln sie wieder.«

In diesem Moment betrat Sam das Café. Er steuerte direkt auf die beiden zu und legte demonstrativ die Wohnungsschlüssel auf den Glastisch. Der Hausmeier lächelte noch immer und bot Sam den Platz neben sich an. »Du hast es ja nicht so mit Schlüsseln, das habe ich gerade schon zu deiner Mutter gesagt, aber seitdem ich dich kenne, hast du noch nie einen verloren«, lobte er ihn väterlich, als ob das eine besondere Fähigkeit sei, auf die man stolz sein könnte.

»Sie lagen mitten auf dem Tisch, wie ich vermutet habe«, sagte Sam und setzte sich neben ihn.

»Bei euch beiden alles in Ordnung? Du siehst müde aus, Mama.«

Tatsächlich fühlte sich Claudia wie erschlagen. Für sie war das Gespräch noch lange nicht beendet, und sie hatte das Gefühl, sich dem Hausmeier erklären zu müssen. Aber jetzt war Sam da, und sie schluckte die Worte hinunter, die ihr schon auf der Zunge lagen. Ja, selbstverständlich hatte sie alles gegeben, damit ihre Kinder *normal* aufwachsen konnten. Damit aus ihnen etwas würde. Damit sie auch Gitarre spielen und tauchen lernen konnten, damit alles genau so war, wie in den anderen, *normalen* Familien. Niemand sollte merken, dass zu Hause nur eine Person verantwortlich war, am wenigsten die Kinder selbst. Und ihr Versteckspiel hatte funktioniert. »Wir brauchen Papa gar nicht«, sagten sie hin und wieder, einmal zu Weihnachten, als nach unzähligen Versuchen endlich der Weihnachtsbaum gerade stand. Und um sich selbst in diesem Ganzen, das immerhin ihr Leben war, nicht völlig aus dem Blick zu verlieren, hatte sie zu schreiben begonnen. Zuerst waren es nur die unzähligen Einkaufszettel und To-do-Listen. Bloß nichts vergessen, alles notieren. Schreiben, immer alles aufschreiben. Und als die Zettelchen nicht mehr ausreichten, als auch die Rückseiten voll waren und sie über die Ränder hinwegschrieb, kaufte sie stapelweise Druckerpapier und notierte Situationen, Gespräche, Beobachtungen auf den blanken, weißen Blättern. Später ganze Geschichten. Claudia wusste nicht, was alles zum Hausmeier durchgedrungen war. Sie hatte ihn nie einbezogen, ihn nie um Hilfe gebeten. Sie kämpfte allein, tapfer – mit Scheuklappen. Ohne ihn hätte sie es nicht so gut geschafft.

Müde stand sie auf und zog ihren Mantel an.

»Ich muss mich mal ausruhen. Am besten gehe ich rüber in die Ferienwohnung. Was habt ihr vor?«

Sam schaute fragend zum Hausmeier.

»Dann kaufen wir Laura jetzt ein neues Rad!«

Munter wuchtete er sich aus dem Sessel nach oben und ging mit dem leeren Becher zum Tresen, um ihn für die Reise verpacken zu lassen.

»Treffpunkt ist dann um vier bei Laura im Krankenhaus«, sagte Sam zum Abschied.

Claudia erwachte aus einem langen, erholsamen Mittagsschlaf. Heute musste sie endlich Stefan anrufen. Fraglich war nur, ob sie ihn erreichen würde. Franziska und er gingen oft aus, am liebsten ins Kino. Seufzend stand sie auf, verließ das Schlafzimmer und tippte die Nummer ihres Ex-Mannes. Es tutete nur zwei Mal, dann dröhnte sein Vor- und Nachname in ihrem Ohr, laut und bestimmt. Erschrocken hielt sie das Handy weiter weg.

»Ich bin es, Claudia. Sam und ich sind gerade in Boston. Laura hatte einen Fahrradunfall, an ihrem Geburtstag, aber mach dir keine Sorgen.«

»Einen was?«

»Einen Unfall. Mit dem Fahrrad«, rief sie ins Handy. »Sie liegt im Krankenhaus. Es geht ihr aber den Umständen entsprechend gut.«

»Was heißt denn *den Umständen entsprechend gut?* Claudia, du musst mal konkreter werden!«

»Beinbruch, leichte Gehirnerschütterung und das Schlüsselbein ist auch gebrochen. Am besten rufst du sie selbst an. Ich wollte dir nur schnell Bescheid geben.«

»Du bist gut. Nur schnell Bescheid sagen, dass meine Tochter schwer verletzt im Krankenhaus liegt! Kann ich sie jetzt erreichen?«

»Probier es einfach. Du hast ja ihre Nummer.«

»Wie spät ist es da drüben?«

»Vierzehn Uhr dreißig.«

»Na, dann. Tschüss!«

Claudia legte das Handy auf den Wohnzimmertisch, ging ins Bad und kämmte sich mit wütenden Bewegungen die Haare. Diese altbekannte Wut, wenn Stefan ihr seine strenge Berichtspflicht auferlegte. Gut, sie hatte ihn selbst angerufen. Weil sie das als ihre Aufgabe ansah: den Vater über alles in Kenntnis setzen, ihn zum Geburtstag der Kinder einladen. Sie musste das ein für alle Mal lassen! Die Kinder waren erwachsen! Warum hatten sie ihren Vater nicht selbst informiert? Das würde sie nachher mal ansprechen. Claudia schüttelte ihr volles Haar. In der Nachmittagssonne, die durch das Fenster fiel, schimmerte es rot. Sie trug ein wenig mehr Rouge auf als gewöhnlich und entschied sich für den knallroten Lippenstift. Vorhin, im Café, wollte ihr der Hausmeier sicher ein Kompliment machen. Auf seine Art. Er meinte es gut mit ihr. Hatte es immer gut mit ihnen gemeint. Sie schaute ein letztes Mal in den Spiegel und lächelte.

Als sie auf die Straße trat, warm in ihren Wintermantel eingepackt, war es noch immer sehr kalt. Tiefhängende, hellgraue Wolken wurden vom Atlantik her ins Landesinnere getrieben. Sie atmete die kalte Luft ein, wickelte sich den Schal fester um den Hals und ging zügig in Richtung Krankenhaus.

Als Claudia das Zimmer betrat, schob Laura schnell ihr Handy unter die Bettdecke. Sie saß aufrecht im Bett, zwei Kissen im Rücken.

»Papa hat sechs Mal versucht, mich zu erreichen!«

»Und, hast du mit ihm gesprochen?« Claudia hängte

ihren Mantel an die Garderobe und setzte sich neben Lauras Bett.

»Ich habe ihn gerade zurückgerufen.« Vorsichtig ließ sie das Handy in die geöffnete Schublade ihres Nachtschranks gleiten und drückte sich die Kissen zurecht.

»Hast du ihm alles erzählt?«

»Klar, er wurde vollumfänglich über den Unfallhergang und seine Folgen informiert.« Laura lächelte ironisch, zog eines der Kissen hinter ihrem Rücken hervor, legte es auf die Bettdecke und rutschte vorsichtig nach vorne. »Ich muss mich wieder hinlegen.« Das Kissen glitt leise auf den Boden. Claudia bückte sich, fischte es unter dem Bett hervor und legte es auf ihren Schoß.

»Papa hat mir ein paar seiner grandiosen Tipps durchgegeben: Ich soll ruhig im Bett liegen und schön auf die Ärzte hören.« Sie kicherte.

Zaghaft zog Claudia den verrutschten Kissenbezug gerade, dann strich sie fest über den weißen Baumwollstoff.

»Ich werde mich in Zukunft aus der Kommunikation zwischen euch und eurem Vater raushalten. Mich geht das nichts mehr an. Ihr müsst das jetzt alleine regeln.«

»Warum sagst du das so streng?« Laura schaute sie erstaunt an. »Das machen wir doch sowieso schon. Sam hat die Tage versucht, Papa anzurufen. Wenn du das meinst. Er hat ihn aber nicht erreicht.«

»Und Stefan hat natürlich nicht zurückgerufen. Typisch!« Sie knautschte eine Kissenecke zusammen und zog sie wieder auseinander. »Und zu euren Geburtstagen lade ich ihn und Franziska auch nicht mehr ein. Es passt einfach nicht.«

»Ich habe mich sowieso gewundert, dass die beiden dabei waren. Ich dachte, ihr versteht euch wieder. Wäre doch ganz nett.«

»Ja, das wäre ganz nett. Ist aber nicht so.« Claudia schüttelte das Kissen auf, legte es auf Lauras Bettdecke, von der es gleich wieder auf den Boden rutschte. Sie hob es erneut auf und drückte es fest auf ihre Oberschenkel.

»Kein Problem, Mama. Eigentlich ist das aber schon lange so, dachte ich zumindest. Und Sam solltest du das auch noch sagen.«

Claudia nahm Lauras Hand.

»Es tut mir leid, aber vorhin … ach, egal.« Sie zog ihre Hand zurück und umfasste mit beiden Händen den Kissensaum.

»Eine Sache noch. Diese Papierrolle. Du musst sie nicht behalten. Du kannst sie mir auch zurückgeben.«

»Das verstehe ich jetzt nicht. Es war dir doch so wichtig, sie mir zu schenken.«

»Der Text ist ja völlig aus dem Zusammenhang gerissen. Und wann solltest du ihn schon lesen? Es ist ein seltsames Geschenk.«

Laura richtete sich langsam auf.

»Ehrlich gesagt, hätte ich sowieso nicht gewusst, wohin damit.« Sie drehte sich vorsichtig zum Nachtschrank und holte die zerknitterte Papierrolle heraus. Das rote Geschenkband baumelte lose herab.

»Vielleicht lese ich ihn später einmal.«

Claudia nahm ihr die Rolle aus der Hand, legte sie auf das Kissen und zog die Schleife wieder fest. Vorsichtig beulte sie das Papier aus und wollte noch etwas sagen, als die Tür aufging und Sam und der Hausmeier hereinkamen.

Ihr Nachbar trug ein bunt eingepacktes Paket unterm Arm und stellte es schwungvoll auf Lauras Bettdecke. Er sah müde aus, aber zufrieden.

»Das ist nachträglich zum Geburtstag.«

Der Hausmeier zog seinen Mantel aus und sank erschöpft auf den zweiten Stuhl, der neben Lauras Bett stand.

»Komm, ich helfe dir beim Auspacken!« Sam quetschte sich wieder auf die Bettkante und riss das Geschenkpapier in langen, schiefen Bahnen herunter. Er zerknüllte das Papier und stopfte es in Lauras Hand, die sie ihm lachend unter die Nase hielt; die Papierknäuel fielen auf die Decke und den Fußboden.

»Kannst du das bitte ordentlicher machen!«, kicherte sie.

»Willst du wissen, was drin ist, oder nicht?«, Sam angelte einen »Stars & Stripes«- Fahrradhelm aus der Verpackung und drehte ihn ein paar Mal hin und her.

»Wenn du je wieder Rad fährst, dachten wir uns«, er grinste in Richtung Hausmeier, »dann nur unter dem Schutz der US-amerikanischen Flagge.«

»Der Helm müsste genau passen. Stell ihr mal die Gurte ein, Sam.«

»Nein, bitte nicht den Helm aufsetzen! Sie hat ja gestern erst den Kopfverband abbekommen.« Schnell stand Claudia auf und nahm Sam den Helm aus der Hand. Das Kissen und die Papierrolle rutschten ihr vom Schoß und fielen unter das Bettgestell. Sam bückte sich und hob die Rolle auf, die neben seinem Fuß gelandet war.

»Ist das der berühmte Text? Mit roter Schleife!«

»Ja, das ist er. Den nehme ich aber wieder mit nach Hause.«

Claudia nahm ihm die Rolle aus der Hand, drückte das Papier platt und steckte das weitgereiste Requisit zurück in ihre Handtasche.

»Den Helm lege ich in den Schrank, in Ordnung?« Claudia hob das Kissen auf. »Und das auch?«

Laura nickte.

»Mama, kannst du mich mal von dem ganzen Papier befreien?«

»Na klar!«

Sie verstaute Helm und Kissen in einem weißen Einbauschrank.

»Ich mach das schon!« Der Hausmeier stand auf und holte einen Papierkorb aus der Zimmerecke.

Claudia nahm ihrer Tochter das Geschenkpapier aus der Hand, sammelte die Papierknäuel von der Decke und warf sie in den Korb, den der Hausmeier über das Bett hielt. Sam hob das Papier vom Boden auf, nahm den Korb und brachte ihn an seinen Platz zurück. Dann setze er sich zurück auf die Bettkante und holte sein Smartphone aus der Hosentasche. Auch Claudia und der Hausmeier saßen wieder auf ihren Stühlen.

»Aber jetzt der Hauptgewinn!« Sam hielt ihr das Smartphone dicht vor die Augen. »Guck es dir genau an! Es steht schon in deiner Wohnung.«

Laura schob seinen Arm zurück. »Seid ihr verrückt? Ihr habt mir ein neues Fahrrad gekauft, ohne mich zu fragen!« Sie nahm das Smartphone in die Hand. »Ein echtes *Scott*, mit Nabenschaltung! Elf Gänge und sogar Scheibenbremsen!«

Sie schaute auf und strahlte: »Es ist wirklich toll. Danke!«

Sam nickte dem Hausmeier zu: »Dann haben wir ja ins Schwarze getroffen.«

Lauras Handy summte. Schnell drückte sie Sam das Smartphone in die Hand, drehte sich zum Nachtschrank, holte ihr Handy aus der Schublade und las die Nachricht. Ein feines Lächeln huschte über ihr Gesicht.

»Das war David. Er würde euch gern mal kennenlernen. Heute hat er aber keine Zeit.«

»Und, was ist das für einer? Woher kennst du ihn?« Sam steckte sein Smartphone in die Hosentasche.

Laura zögerte kurz, aber dann erzählte sie, was sich vor vier Wochen in der S-Bahn vom Back Bay Fens Park in Richtung Downtown abgespielt hatte. »Also, David findet beim Joggen im Park, in der Nähe vom Duck House, ein verletztes Grauhörnchen. Sein Hinterlauf blutet stark. In Rekordzeit fährt er in die Tierklinik, um eine Transportbox zu holen.«

»Moment«, unterbrach Sam. »Ist er Tierpfleger oder so was?«

»Nein, Tierarzt.«

Der Hausmeier, der ein weinig krumm auf seinem Stuhl saß, richtete sich interessiert auf.

»Zurück im Park findet er das verletzte Tier zum Glück wieder und lockt es in einer anderthalbstündigen Geduldsprobe in die Box. Als er dann mit der Box auf dem Schoß in der S-Bahn sitzt, steige ich zu. Eine Eichhörnchenspezialistin.« Laura kicherte.

»Naja, Rudi haben ja hauptsächlich wir zwei gezähmt.« Sam blickte zum Hausmeier.

»Eigentlich weiß ich gar nicht mehr, wer wen zuerst angesprochen hat. Auf jeden Fall haben wir uns dann über alle möglichen Hörnchen unterhalten. Die Rudi-Story hat ihn ziemlich beeindruckt.«

»Gespräch unter Fachleuten, sozusagen«, Sam grinste spöttisch.

»David weiß echt alles über Tiere.«

»Sicher!« Zweifelnd zog er eine Augenbraue nach oben.

»Er ist gerade an einem Forschungsprojekt beteiligt, in dem sie nachweisen wollen, dass Tiere Humor haben. Ist super spannend, finde ich zumindest.« Ihre Augen strahlten.

»Ich glaube das sofort«, sagte der Hausmeier ernst. »Rudi konnte sich richtig kaputtlachen. Wenn der gute Laune hatte, ging's über Tisch und Bänke. Und dann saß er manchmal auf dem Regal über meinem Sofa, guckte mich so an und keckerte. Da dachte ich, *jetzt lacht er.*«

Laura nickte begeistert.

»David erzählt die unglaublichsten Geschichten von seinen lachenden Laborratten.«

»Naja!«, Sam zupfte sich am Ohrläppchen.

Laura schlug ihrem Bruder scherzhaft auf den Oberschenkel. »Ich glaube ihm! Auf jeden Fall haben wir uns dann für den nächsten Tag verabredet. So ging alles los. An meinem Geburtstag wollten wir essen gehen, zum Äthiopier, aber da hatte ich blöderweise den Unfall. Auf dem Weg zum Restaurant.«

Laura tippte etwas in ihr Handy und zeigte allen den Bildschirm.

»Das ist übrigens Grey. Seine Verletzung am Hinterlauf ist fast verheilt. Wenn ich hier raus bin, wollen wir ihn im Park freilassen.«

»Süß«, sagte Claudia, »aber ich glaube, die Roten sind mir lieber.«

»Die passen auch besser zu deiner Haarfarbe«, erwiderte Sam trocken.

Der Hausmeier nickte und schaute nachdenklich auf Claudias Haare. »Eichhörnchenrot«, sagte er leise.

In dem Moment ging die Tür auf, und Mary schob eine frischoperierte Patientin herein. Niemandem war aufgefallen, dass das zweite Bett fehlte. Die Krankenschwester legte ihren Zeigefinger an die Lippen und wies mit dem Kopf zur Tür. Folgsam standen die drei auf, nahmen ihre Mäntel und verabschiedeten sich. Claudia küsste ihre Tochter auf die Stirn, der Hausmeier winkte Laura kurz zu und Sam machte schnelle Tippbewegungen mit seinen Fingern.

Vor der geschlossenen Tür hielt Mary ihnen mit erhobenem Zeigefinger und gedämpfter Stimme einen Vortrag über die neuen Verhaltensregeln in Lauras Zimmer. Die Frau habe eine schwere OP hinter sich und benötige absolute Ruhe.

»Do you understand?«

Sie nickten.

Sam lächelte Mary an und zeigte mit dem Daumen zur Zimmertür. Er müsse da nochmal rein, sein Rucksack mit allen Schlüsseln und Papieren stehe noch irgendwo herum.

Sie seufzte und öffnete ihm die Tür. Sam schlich ins Zimmer und stand Sekunden später mit dem Rucksack über der Schulter wieder vor ihr. Mit aufeinandergepressten Lippen schloss sie die Tür.

»And tomorrow?« Sam wusste, dass sie ihm keine Bitte abschlagen konnte.

»When are you leaving Boston?«

»Saturday morning«, antwortete Claudia rasch.

Wenn das so sei, dürften sie morgen früh ausnahmsweise kurz vorbeischauen, aber bitte nicht alle gleichzeitig. Nachmittags wäre dann Zeit, um sich von ihr zu verabschieden, so gegen 16 Uhr. Vielleicht ginge es Laura morgen ja schon so gut, dass sie sie in den Aufenthaltsraum mitnehmen könnten. Streng betonte sie, dass Laura ebenfalls noch viel Ruhe brauche.

»At nine?«, fragte Sam.

Mary nickte fahrig, wischte mit beiden Händen über ihre breiten Hüften und eilte davon, als hätte sie hier schon zu viel Zeit verschwendet.

»Es ist gut, wie sie sich um Laura kümmert«, meinte der Hausmeier, als sie in Richtung Ausgang gingen.

»Stimmt schon.« Sam half ihm in den Mantel.

Auf dem Weg zur Ferienwohnung klingelte Sams Handy. Es war wieder sein Chef, und er blieb ein paar Meter zurück, um mit ihm über einen Artikel zu sprechen, den er demnächst einreichen musste.

»Ich wollte Ihnen heute Morgen nicht zu nahe treten«, nutzte der Hausmeier umgehend die Gelegenheit.

»Tut mir leid, wenn ich das getan habe. Ich meine, wenn ich was angesprochen habe, was mich nichts angeht. Ich weiß ja, wie das ist. Sie wissen schon.« Prüfend schaute der Hausmeier sie von der Seite an.

»Ist schon gut«, antwortete Claudia ein wenig zu laut, als hätte sie es mit einem Schwerhörigen zu tun.

»Ich werde mich demnächst bei Ihnen revanchieren. Vielleicht schon übermorgen auf dem Rückflug, da kann ich Sie nach Strich und Faden ausfragen.«

»Nach Strich und Faden?« Der Hausmeier grinste. »Da beißen Sie bei mir aber auf Granit.«

Sie lachte. »Ich habe gute Zähne.«

»Hunger?« Sams Telefonat war beendet, und er war wieder zu ihnen aufgeschlossen. »Holen wir uns eine Pizza?«

»Ja, gern«, sagte Claudia, und auch der Hausmeier nickte.

Am Samstagvormittag standen sie Punkt neun vor Lauras Zimmertür. Leise und rücksichtsvoll, genauso wie von Mary angeordnet, ging Claudia zuerst hinein. Sam und der Hausmeier warteten auf dem Flur. Laura saß aufrecht im Bett und empfing ihre Mutter lächelnd.

»Meiner Schulter geht es ein bisschen besser«, flüsterte sie. Sie habe sehr gut geschlafen, ungefähr bis fünf Uhr morgens. Da gab es irgendwelche Probleme mit ihrer Bettnachbarin, und der Nachtdienst habe ziemlichen Stress gemacht. Laura schaute zum anderen Bett hinüber. Die Frau schien zu schlafen.

»Und was habt ihr heute vor?«

»Trolley-Tour. Hop on, hop off.«

»Du auch?«, fragte Laura ungläubig.

Claudia nickte. Sam wollte unbedingt diese »Old Town Trolley Tour« mitmachen, von der der Hausmeier gestern Abend beim Pizzaessen so geschwärmt hatte. Die eckige Karosserie dieser Busse erinnerte ihn an seine Frankfurter Straßenbahn. Außerdem sei es so möglich, innerhalb kürzester Zeit die ganze Stadt kennenzulernen. Ohne lange nachzudenken, hatte sich Claudia überreden lassen mitzufahren. Den letzten Tag in Boston wollte sie unbedingt mit Sam verbringen.

»Der Hausmeier und Sam«, flüsterte Claudia und zuckte mit den Schultern.

Tatsächlich wäre sie gern ins Museum of Fine Arts gegangen. Allerdings war eines der Artefakte, das sie dort am meisten interessierte, schon vor Jahren aus der Ausstellung ins Archiv gewandert. Eine minoische Schlangengöttin aus Gold und Elfenbein, die kurz vor dem Ersten Weltkrieg unter mysteriösen Umständen in Boston aufgetaucht war, hatte sich als Fälschung erwiesen. Ihr Elfenbein stammte nicht aus dem 15. Jahrhundert vor Christus, sondern war viel jünger. Das ergab eine Altersbestimmung nach der Radiokarbonmethode. Nachdem die Fälschung bewiesen war, stellte man umgehend die Auffassung des Archäologen Sir Arthur Evans von einer minoischen Muttergottheit in Frage. Das hatte Claudia damals nur aus Zeitungsartikeln erfahren, sich dann aber nicht weiter mit diesem archäologischen Rätsel beschäftigt. »We will never know everything about them.« Das war es doch, was ihr damals der Grieche in Knossos zugeraunt hatte, als sie wie versteinert vor den beiden Schlangengöttinnen stand.

Claudia lächelte und ergriff Lauras Hand, als müsste ihre Tochter sie zurück an die Wasseroberfläche ziehen.

»Es wird bestimmt ganz nett«, flüsterte Claudia. »Bis nachher!« Sie küsste sie auf die Stirn und verließ leise das Zimmer. »Ich spare mir die Audienz«, sagte Sam, der die Tür aufhielt und Laura zuwinkte. Der Hausmeier huschte unter seinem Arm hindurch ins Zimmer und flüsterte Laura irgendetwas zu. Sie kicherte leise und schaute zu Claudia, die neben Sam an der offenen Tür wartete. Der Hausmeier verabschiedete sich, indem er vorsichtig an ihrem großen Zeh wackelte, den irgendjemand inzwischen rot lackiert hatte. Auf dem Flur waren sie sich einig, dass es Laura besser ging. Wahrscheinlich könnten sie sie heute Nachmittag tatsächlich mit in den Aufenthaltsraum nehmen.

Zu Fuß machten sie sich auf den Weg in die Innenstadt. Der Wind hatte nachgelassen, es war nicht mehr so kalt wie gestern. Am strahlend blauen Himmel hingen nur vereinzelte Wolken. Der Fußweg war so breit, dass sie nebeneinander gehen konnten. Der Hausmeier in der Mitte humpelte nicht mehr. Scheinbar problemlos hielt er mit Sams schnellem Tempo Schritt. Diese Reise schien ihm Kräfte zu verleihen, die Claudia ihm nicht zugetraut hatte. Sie genoss die klare, aufgeräumte Schönheit dieser Ostküstenstadt. Am Old State House, das vor der beeindruckenden Kulisse moderner Bürogebäude mickrig erschien, blieben sie kurz stehen. Der Hausmeier zeigte nach oben – er trug dicke, scheinbar neue Fausthandschuhe – und berichtete, dass von diesem Balkon im Jahr 1776 die Unabhängigkeitserklärung der Vereinigten Staaten von Amerika verlesen worden war. Das hätte er aus seinem Reiseführer. Auf dem Weg durch Downtown Boston, entlang des Freedom Trails, des »Pfades der Freiheit«, versorgte er sie eifrig mit weiteren Informationen zur Stadtgeschichte. Claudia war beindruckt. Nicht alle europäischen Städte schafften es ihrer Meinung nach auf diese pragmatische, vielleicht typisch Bostoner Weise, Vergangenheit und Gegenwart so erfolgreich miteinander zu verbinden. Ihr gefiel diese Stadt, und fast spürte sie so etwas wie Unbeschwertheit, als sie mit Sam und dem Hausmeier an der Faneuil Hall und dem Quincy Market vorbeischlenderte. Beinahe hätte sie dem Impuls nachgegeben, sich fröhlich bei einem der beiden einzuhaken, ließ es dann aber sein. An der Ticket-Station in der Innenstadt kauften sie

Fahrscheine für die große Runde, die durch das Hafenviertel, zum Fenway Park, dem Baseballstadion der *Boston Red Sox,* und zu den berühmten Universitäten führte. »We're The Attraction That Takes You To The Attractions« stand in grüner Schrift auf dem orangenen Ticket der Trolley-Tour. Der Hausmeier steckte es andächtig in seine prallgefüllte Bauchtasche, als würde er darin jede noch so kleine Erinnerung an diese Reise aufbewahren. Als der »Trolley« vorfuhr, stieg er als Erster ein. Sam setzte sich neben ihn auf den Zweiersitz, Claudia saß direkt hinter ihnen. Der Hausmeier strahlte wie ein Junge, der zum ersten Mal seine neue Modelleisenbahn vorführt. Kritisch beobachtete er den »Busfahrer«, wie er den Mann in orange-grüner Uniform nannte, der sie gelassen durch den dichten Bostoner Verkehr kutschierte. Sein fachmännisches Urteil über diese seltsame Mischung aus Bus und Straßenbahn wiederholte er mehrfach, kopfschüttelnd: »Nicht Fisch, nicht Fleisch.« »Mich erinnert das eher an unseren ›Ebbelwei-Expreß‹«, sagte Sam trocken und reckte sich auf seinem Sitz, um eine Ruderstaffel auf dem Charles River zu beobachten. Der »Trolley« rollte gerade im Schneckentempo über die Longfellow Bridge, in der Ferne war das Museum of Science zu sehen. Immer wieder drehte sich einer der beiden Männer zu Claudia um und machte sie auf irgendeine andere, noch bemerkenswertere Attraktion aufmerksam. Sie hatte es sich auf ihrem Sitz bequem gemacht und ließ eine Sehenswürdigkeit nach der anderen an sich vorbeiziehen. Boston war sicher eine Stadt, in der Laura glücklich werden konnte. Wo sie es offensichtlich schon war, mit ihrem Job und ihrem neuen Freund. Claudia spürte wieder diese Zuversicht, dass alles gut weiterlaufen würde, das Leben ihrer Kinder, ihr Leben in Frankfurt. In diesem Moment sprang der Hausmeier auf und riss sie aus ihren Gedanken. Er schlug vor, an der nächsten Station auszusteigen und sich den weltberühmten Campus der Harvard University anzuschauen. Schnell nahm sie ihre Tasche und folgte den beiden zur Tür.

Am Nachmittag kamen Claudia, Sam und der Hausmeier verspätet im Krankenhaus an. Sie waren im Hafenviertel ein zweites Mal ausgestiegen, hatten dort in einem Seafood-Restaurant Hummer gegessen und dann den nächsten »Trolley« verpasst. Jetzt war es schon halb fünf. Als sie vorsichtig die Tür zum Krankenzimmer öffneten, saß ein dicklicher Mann mit Halbglatze am Bett der operierten Frau und hielt ihre Hand. Neben Lauras Bett stand ein Rollstuhl. Sie wirkte verärgert. Unschlüssig blieben die drei im Türrahmen stehen. Laura winkte ihnen zu: »Kommt doch endlich rein!«

Hinter ihnen eilte Mary den Flur entlang auf sie zu. Schon von Weitem rief sie Sam und winkte mit ihrem kurzen, fleischigen Zeigefinger. Energisch zwängte sie sich an Claudia und dem Hausmeier vorbei ins Zimmer und zog Sam hinter sich her. Dann erklärte sie ihm flüsternd, was zu tun sei. Auf drei hoben sie Laura in den Rollstuhl, und Sam schob seine Schwester langsam aus dem Zimmer. Mary, die im Hinausgehen routiniert eine Kanüle am Unterarm der noch immer sehr schwachen Patientin kontrollierte und ihrem Mann kurz eine Hand auf die Schulter legte, schloss leise die Tür. Sie könnten Laura jetzt eine Stunde in den Aufenthaltsraum entführen. Aber nur eine Stunde! Ihre Honey dürfe noch nicht lange aufrecht sitzen. Fürsorglich strich sie Laura über den Kopf. Wegen dieser »Ausnahmesituation« drücke sie sowieso ständig beide Augen zu. Sie zwinkerte in Richtung Sam. Dann drehte sie sich schnell um, eilte den Gang hinunter und verschwand hinter einer der unzähligen Türen. Sam grinste und tätschelte Lauras Hinterkopf: »So Honey, und jetzt lassen wir es richtig krachen!« Er kippte den Rollstuhl nach hinten. »Idiot!«, kreischte Laura.

»Jetzt hört aber auf!« Claudia drückte Sam zur Seite, fasste entschlossen die schwarzen Gummigriffe des Rollstuhls und schob Laura den Flur hinunter. »Die Mary meint es ja nur gut«, flüsterte der Hausmeier neben Sam. »Wir können froh sein, dass die sich um Laura kümmert, so hingebungsvoll.«

Im Aufenthaltsraum parkte Claudia den Rollstuhl vor einem der weißen Tische gleich links neben der Tür. Ein älteres Paar, die Frau in einen geblümten Bademantel gewickelt, saß am Nachbartisch und unterhielt sich leise. Sam holte kleine Plastikwasserflaschen aus dem Automaten, der in der Ecke neben einem Tretmülleimer stand.

»Am liebsten würde ich dich morgen mitnehmen«, sagte Claudia und setzte sich neben Laura, die in den klobigen Rollstuhl hineingesunken war und an eine zarte, zusammengeflickte Stoffpuppe erinnerte.

»Es ist schrecklich, dass ich dich in diesem Zustand zurücklassen muss.«

Schon seit sie vorhin das Krankenhaus betreten hatte, spürte Claudia wieder diese bedrückende Enge im Brustkorb, das Atmen fiel ihr schwer.

»Ich weiß, was Sie meinen«, sagte der Hausmeier, der ihr gegenübersaß. Er ließ sie nicht aus den Augen, als er sich über den Tisch beugte und ihr eine Wasserflasche hinschob. »Trinken Sie mal was.«

Claudia holte ein paarmal tief Luft, ihre Hände und Füße kribbelten unangenehm.

»Sie wird es schon schaffen. Ich meine, Mary ist da. Und der David kommt bestimmt auch mal vorbei?« Laura nickte.

Claudia umfasste mit beiden Händen die kleine Flasche. Das Plastik knisterte leise. Sicher, Mary war da und kümmerte sich wirklich hingebungsvoll um Laura, da hatte der Hausmeier recht. Und wahrscheinlich würde Laura bald entlassen, es ging ihr von Tag zu Tag besser. Aber da war noch etwas anderes als ihre Sorgen. Etwas Beklemmendes, ein ungutes Gefühl. Morgen musste sie Abschied nehmen. Nicht nur von Laura, auch von ihrer vertrauten Gemeinschaft, zu der jetzt irgendwie auch der Hausmeier gehörte. Angst hatte sie! Das war es. Angst vor der Rückkehr in ihre wohleingerichtete Einsamkeit, die ihr in diesem Moment wie eine trostlose Leere erschien.

Unsicher schaute Claudia zum Hausmeier, der sie noch immer fest im Blick hatte »Trinken Sie mal was!«, wiederholte er.

Zaghaft öffnete Claudia die Wasserflasche und trank einen großen Schluck.

»Bevor wir es vergessen«, Laura versuchte, sich im Rollstuhl aufzurichten, »oder hast du es Sam schon gesagt?«

»Was meinst du?«

»Na, was dir so wichtig war! Die Sache mit Papa.«

Sam, der gerade eine Nachricht in sein Smartphone tippte, schaute auf.

»Ach so, nein. Das hatte ich schon wieder vergessen.« Es war Claudia wirklich unangenehm, diese lästigen Familiendinge vor dem Hausmeier zu besprechen. Aber jetzt ging es offensichtlich nicht anders. Und vermutlich wusste er sowieso Bescheid.

»Also, ich würde mir wünschen, dass ihr ab jetzt alle wichtigen Dinge direkt mit eurem Vater klärt, dass praktisch nichts mehr, was ihn betrifft, über mich läuft. Und Geburtstage feiern wir auch nicht mehr zusammen.«

Sam tippte schnell die Nachricht zu Ende und legte sein Smartphone auf den Tisch.

»Ich dachte, das läuft eh schon so. Aber gut, dass du das sagst. Im August wollte ich mal Richtung Süden fahren. Dann besuche ist erst Papa und komme danach zum Geburtstagfeiern nach Frankfurt. Nur mit euch. Passt das?«

»Sicher!« Claudia blickte zum Hausmeier.

»Meine Urlaubsplanung steht noch nicht ganz fest«, sagte Laura, »aber im August hat die Kanzlei sowieso zehn Tage geschlossen. Vielleicht kommen David und ich auch vorbei. Er kennt Deutschland noch gar nicht. Außerdem kann ich mir dann meine neue Espressomaschine abholen.« Sie lächelte.

»Geburtstagsgeschenk von Simone«, erklärte sie Sam.

Er zog anerkennend eine Augenbraue nach oben.

»Ich würde mich so freuen!« Claudia nahm Lauras Hand und schaute wieder zum Hausmeier, direkt in seine Augen.

»Und Sie doch auch? Sie freuen sich doch auch?«

Er grinste, verschränkte die Arme vor der Brust und lehnte sich etwas nach hinten.

»Ich werde es schon mitbekommen, dass ihr da seid. Spätestens wenn einer von euch den Schlüssel vergisst.« Der Hausmeier lachte, stockend, als sei in ihm etwas aufgebrochen. Dann drehte er sich zu Sam und klopfte ihm freundschaftlich auf die Schulter. Claudia atmete tief ein und trank in einem Zug die Wasserflasche leer.

Als Mary plötzlich in der Tür stand, lächelte Laura ihr zu und bettelte: »Five minutes?« Die Krankenschwester verschwand kommentarlos, und Sam begann, den Tisch abzuräumen. Claudia schob Laura aus dem Raum. Langsamer als auf dem Hinweg zog ihr kleiner Tross in Richtung Zimmer. Mary wartete schon, ihre Hand lag auf dem Türgriff. Als alle vor ihr standen, fragte sie, wann Honey »Mummy and Daddy« wiedersehen würde.

»This summer, probably«, antwortete Laura.

Mary ließ den Türgriff los, murmelte »Thanks God«, fasste Claudias Hand und schüttelte sie kräftig. Sie versicherte ihr, dass Honey spätestens im Sommer wieder ganz gesund sei. Keine Sorge! Claudia bedankte sich umständlich für ihre große Hilfe, und wenn es Schwierigkeiten gäbe, solle sie bitte anrufen! Laura habe ja alle Nummern. Mary nickte nur, stellte sich auf die Zehenspitzen und umarmte Sam, kurz und ein wenig schüchtern. Dann nahm sie Hausmeiers Hand, drückte sie sanft und lobte ihn, dass er in seinem Zustand überhaupt mitgekommen sei. »Take care«, antwortete der Hausmeier und grinste. Die einzigen englischen Worte, die er auf dieser Reise gesprochen hatte.

Am Sonntagmorgen trug der Hausmeier weiße Handschuhe. Claudia nahm es flüchtig zur Kenntnis, war aber wegen der Abreise zu nervös, um ihn schon in der Ferienwohnung darauf anzusprechen. Zu dritt fuhren sie im Taxi zum Flughafen. Sam flog zwei Stunden vor ihnen über New York nach Hamburg. Sie gaben ihr Gepäck auf und brachten ihn zur Passkontrolle in Terminal C. Auf dem Weg dorthin berichtete Sam von dem Artikel, an dem er gerade schrieb und der in einer Woche abzugeben war. Er konnte es nicht erwarten, ins Labor zurückzukehren. Vor den Kontrollkabinen reihten sie sich in die lange Schlange der Wartenden ein. Sam erzählte, dass er im Mai wieder nach Südamerika fliegen würde, dieses Mal allerdings nach Brasilien, um am Amazonas weitere Daten für seine Dissertation zu sammeln. Das habe er gestern Nacht mit seinem Chef besprochen.

»Wirst du wieder tauchen?«, fragte der Hausmeier und fingerte an der prallen, schwarzen Bauchtasche herum. Claudia starrte auf seine weißen Clownshandschuhe und stellte sich vor, wie er jeden Moment eine Sahnetorte oder ein Kaninchen aus dieser lächerlichen Tasche ziehen würde.

»Klar«, sagte Sam und holte seinen Pass aus dem Rucksack. »Tauchen im Amazonas ist aber nicht ohne. Das kannst du nur mit einem erfahrenen Team machen.«

Hausmeiers graue Augenschlitze öffneten sich für einen Moment und Claudia meinte, darin so etwas wie Stolz erkannt zu haben.

»Du machst das schon, Junge.«

Kurz bevor Sam an der Reihe war, umarmte er die beiden.

»Cool, dass du mitgekommen bist, Daddy«, sagte er und grinste. »Tschüss, ihr zwei!«

Dann ging er ein paar Schritte vor, schob seinen Pass durch den Schlitz der Kabine, nahm ihn wieder in Empfang und verschwand durch eine automatische Schiebetür.

»Es war eine schöne Reise«, sagte der Hausmeier. »Ich meine, ich reise ja nicht oft. Aber diese Reise war doch schön?« Er schaute Claudia unsicher an.

»Ja. Das war sie.«

Ungeduldig drängten Geschäftsreisende mit Pässen in den Händen an ihnen vorbei. Claudia und der Hausmeier verließen die Warteschlange und gingen langsam zu Terminal E.

Als das Anschnallzeichen ausging, lehnte Claudia sich entspannt im Sitz zurück. Hinter ihr standen einige Passagiere auf, gingen zur Toilette oder holten Decken aus den Gepäckfächern. Der Hausmeier blätterte in seinem Reiseführer. Auf den Klapptischen vor ihnen standen zwei Plastikbecher mit frischem Kaffee.

»Warum tragen Sie eigentlich diese weißen Handschuhe?«, fragte Claudia endlich.

Er nickte, als hätte er die Frage längst erwartet, steckte den Reiseführer ins Zeitschriftennetz und zog langsam den rechten Handschuh aus. An seinem verformten kleinen Finger steckte ein Ring. Ihr Ring. Lauras Ring.

»Mein Finger war das beste Versteck«, sagte er. »Ihn ins Handgepäck zu tun, war mir zu unsicher.«

Vorsichtig zog er den Ring vom Finger und drehte sich zu ihr.

»Laura hat mich beauftragt, Ihnen den Ring erst dann zu geben, wenn wir die Flughöhe erreicht haben. Darf ich?«

Der Hausmeier lächelte und legte den Goldring auf ihren Klapptisch.

Danksagung

Mein Dank gilt allen, die an der Entstehung dieses Buches beteiligt waren:

Christine Hansmann für ihr einfühlsames und sachkundiges Vorlektorat und die konstruktive, gemeinsame Arbeit am Text.

Gitta Zimmer für ihr Korrekturlesen und ihre kenntnisreichen Ratschläge.

Meiner Schwester Susanne Fok Shan sowie Jeannette Hendriksen und Moen Mangré für ihre Ermutigungen, mein Ziel nicht aus den Augen zu verlieren.

Danken möchte ich auch der Verlegerin Christel Göttert für das schönste Geschenk, das ich an einem Weltfrauentag erhalten habe, und der Lektorin Bettina Bremer für ihre präzisen, wertvollen Hinweise.

Zu guter Letzt danke ich meinen Eltern und meinem Lebensgefährten dafür, dass sie immer da waren.

Zur Autorin

Annette Reese wurde 1969 im Weserbergland geboren und wuchs in einem evangelischen Pfarrhaus auf. Nach ihrem Diplom im Fach »Kulturwissenschaften und ästhetische Praxis« war sie für den Göttinger Literaturherbst und als Pressereferentin im S. Fischer Verlag in Frankfurt am Main tätig. 2003 erhielt sie den Würth-Literaturpreis. Im selben Jahr zog sie mit ihrer Familie nach Weimar, wo sie bis heute lebt und arbeitet. Sie ist Mutter von zwei Töchtern.

Bücher aus dem Christel Göttert Verlag

MütterBilder
von Claudia Holst, ISBN: 978-3-939623-67-0
Mütterbilder – erzählt, gemalt, als Filzarbeit gestaltet, fotografiert. Geschichten über die Beziehung zur Mutter und über das eigene Muttersein, über Geborgenheit, aber auch über schmerzhafte Erinnerungen, über liebevolle und gewalttätige Verhältnisse. Texte, so unterschiedlich wie das Leben von Frauen aus verschiedenen Ländern und gesellschaftlichen Systemen. Doch allen ist eines gemeinsam: Mütter sind der Anfang – ihnen zuzuhören und sich für Mütterlichkeit einzusetzen, bedeutet eine Chance für eine friedlichere Welt.

Familie als Beginn. *Die westliche Kleinfamilie und die matriarchale Großfamilie der Mosuo in China – (k)ein Vergleich*
von Fricka Langhammer, ISBN: 978-3-939623-53-3
In ihrer knappen und anschaulichen Gegenüberstellung zeigt die Autorin, wie sich die beiden unterschiedlichen Familienformen für die in ihnen lebenden Menschen auswirken. Sie verdeutlicht Belastungen oder Chancen besonders für Frauen, das Wohlergehen von Kindern sowie für das Verhältnis der Geschlechter und Generationen. Mit der Matriarchats-Filmerin Uschi Madeisky und ihrer Mutter, der Labyrinth-Künstlerin Li Shalima, diskutiert sie, ob alternative Lebensformen mit positiven matriarchalen Werten heute in unseren westlichen Rahmenbedingungen lebbar sind – vor allem für junge Frauen, wie sie selbst.

Die Frau ist Mit-Schöpferin. *Eine Theologie der Geburt*
von Hanna Strack, ISBN: 978-3-922499-85-5
Hanna Strack gibt dem schöpferischen Prozess des Gebärens seine spirituelle Bedeutung wieder und zeigt die Geburt als Stunde der Kraft der Frauen. Sie verfolgt die Geschichte des Hebammenberufes, entwickelt anhand der Erfahrungen von Hebammen eine Theologie der Geburt und würdigt die Frau als Mit-Schöpferin.

Starke Mütter verändern die Welt. *Was schiefläuft und wie wir Gutes Leben für alle erreichen*
von Kirsten Armbruster, ISBN: 978-3-922499-97-8
Eine Patriarchatskritik, die nicht im Opferstatus verbleibt. Die Autorin zeigt die patriarchalen Grundstrukturen von Krieg, Unterdrückung, Sklaverei, Globalisierung, Neoliberalismus – und erläutert, wie diese Strukturen mit einer theologisch begründeten Abwertung des Weiblichen verbunden sind, und zwar in allen großen Weltreligionen. Mit konkreten Vorschlägen macht sie deutlich, was Frauen – vor allem Mütter – bewirken können, wenn sie sich wieder ihrer Macht bewusst werden. Sie fordert eine Veränderung der Welt – hin zu einer matrivivialen Gesellschaft, die dem Leben verpflichtet ist und in der die Mutter die sakrale Mitte bildet.

Nachts auf der Brücke. *Literatur zur Zeitgeschichte – Politeia 2000*
von Anne Jüssen (Hg.in), ISBN: 978-3-922499-48-0
Dieser Begleitband zur großen Ausstellung Politeia vom FrauenMuseum Bonn versammelt Prosaerzählungen zur deutschen Zeitgeschichte, in denen Frauen unterschiedlicher Generationen von ihren Lebenserfahrungen, den Brüchen und Wendepunkten ihrer Lebensgeschichten berichten.

Gauklerin der Literatur. *Elizabeth von Arnim und der weibliche Humor* von Marianne Flassbeck, ISBN: 978-3-922499-61-9
Mit hintergründigem Humor mischte sich Elizabeth von Arnim schon zur Jahrhundertwende ein in die Geschlechterdebatte. Respektlos opponierte sie gegen alle nur denkbaren Autoritäten – besonders gegen die rationale (männliche) Vernunft. Aber auch Themen wie Ehe, Alter oder Mutterschaft blieben nicht verschont. Und ihre Romane sind bis heute verblüffend aktuell. Marianne Flassbeck zeigt in ihrer literaturwissenschaftlichen Analyse ein weibliches Lachen, das sich – wie nebenbei – gegen männliche Ordnungen stellt und einen anderen (weiblichen) Sinn entwirft.